よっ、十一代目!

鎌倉河岸捕物控〈二十二の巻〉

佐伯泰英

時代小説文庫

角川春樹事務所

本書は時代小説文庫（ハルキ文庫）の書き下ろし作品です。

目次

鎌倉河岸周辺
鎌倉河岸
豊島屋
弁天湯
龍閑橋
青物市場
北町奉行所
むじな長屋
常盤橋
船宿綱定
金座
金座裏
龍閑川
樽屋藤左衛門屋敷
永塚小夜の道場
0
200m
西
南
北
東

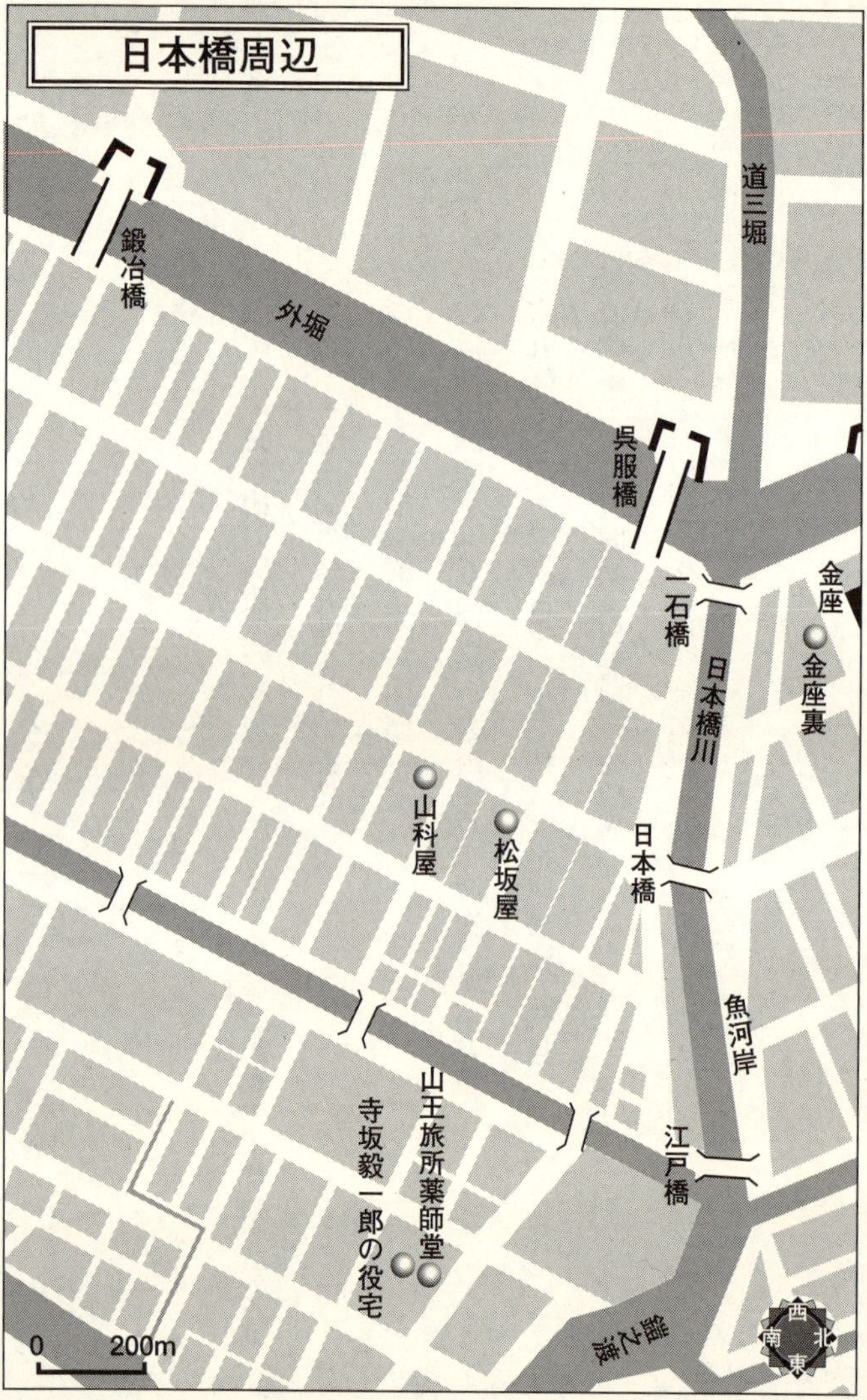
日本橋周辺
鍛冶橋
外堀
道三堀
呉服橋
一石橋
金座
金座裏
日本橋川
山科屋
松坂屋
日本橋
魚河岸
江戸橋
山王旅所薬師堂
寺坂毅一郎の役宅
鎧之渡
0
200m
西
北
南
東

●主な登場人物

政次……日本橋の呉服屋『松坂屋』のもと手代。金座裏の十代目となる。

亮吉……金座裏の宗五郎親分の手先。

彦四郎……船宿『綱定』の船頭。

しほ……酒問屋『豊島屋』の奉公から、政次に嫁いだ娘。

宗五郎……江戸で最古参の十手持ち、金座裏の九代目。

清蔵……大手酒問屋『豊島屋』の隠居。

松六……呉服屋『松坂屋』の隠居。政次としほの仲人。

よっ、十一代目!

鎌倉河岸捕物控〈二十二の巻〉

第一話　房州の薬売り

一

江戸の町に暑い夏が到来した。

日中うだるような暑さに人々は屋根の下や日蔭でひっそりと時を過ごし、夕刻、涼《りょう》を求めて川辺などに集まった。

金持ち、分限者《ぶげんしゃ》は屋根船を雇い、大川に出て、川風に当たったりしたが、庶民はそうもいかない。

八百八町のあちらこちらに掘りぬかれた堀端などに縁台《えんだい》を持ち出し、蚊遣《かや》りを焚《た》いて、ばたばたと団扇《うちわ》で扇《あお》ぎ、へぼ将棋や怪談話で暑さを忘れた。

鎌倉河岸《かまくらがし》の豊島屋《としまや》には夕方になると、行くところもない男たちが涼を求めてか、名物の下《くだ》り酒《ざけ》と田楽《でんがく》に惹《ひ》かれてか、いつも以上に集まって毎夜わいわいがやがやと同じような騒ぎを繰り返していた。

この日は一段と暑さが厳しかった。

そのせいか、いつもより出足が遅いな、と隠居の清蔵《せいぞう》ががらんとした広土間を眺めた。

入口にかかった暖簾《のれん》もそよとも動かず、夕風が吹く様子もない。

暖簾の間から見える鎌倉河岸の地面はしらじらとして、日中の猛暑の名残《なご》りを留《とど》めていた。

暖簾の向こうに小さな影が見え、金座裏《きんざうら》の手先《てさき》の亮吉《りょうきち》が入ってきた。だが、足が不意に止まった。明るいところから急に薄暗い店に入ってきて立ち眩《くら》みを起こしたようだった。細く絞られた瞳孔《どうこう》が追いつかず、豊島屋の中が見えないのだ。

清蔵は黙ってそんな亮吉を見ていた。そして、今日仕入れたばかりの話を亮吉に話したものかどうか考えた。

「あら、亮吉さん、今日は早いのね、一番のりよ」

台所から店に姿を見せたお菊《きく》が声をかけた。

「お菊ちゃんか、ここはこの世だな」

「なに寝言みたいなことを言っているの」

「だってよ、暖簾を潜《くぐ》ったら豊島屋の隠居がさ、柳の下に姿を見せる幽霊のようなか

っこうでよ、突っ立っているじゃねえか。おりゃ、絶対、この世からあの世を覗《のぞ》き込んでいるんだと思ったぜ」

「豊島屋の隠居とは私のことですか」

「私のことですかって、他にだれがいるよ」

「ふうーん、わたしゃ、未《ま》だ死んだ覚えはございませんし、どぶ鼠《ねずみ》野郎にそんなことを言われる筋合いはございませんよ。お菊、そろそろ亮吉のツケをきれいさっぱりとしてもらったほうがいいんじゃないかね」

「ご隠居さん、先日、若親分が手先さん方の未払い金をさっぱりと清算していかれましたよ。もうお忘れですか」

「あっ、しまった。亮吉の分も政次《せいじ》若親分が払ったんでしたね」

「言うに及ばずです」

「お菊、なんだかおまえさん、亮吉に味方してさ、私を責めている口調じゃないかえ」

「そんなことはございません。ただほんとのことを口にしただけです」

ふうーん、と鼻で返事をした清蔵が、

「亮吉さん、いつまで入口にお立ちですか。次のお客様の邪魔にございますよ」

と手招きした。

「こんどは急にばかっ丁寧になりやがったぜ、隠居さんはよ。なんだって、お菊ちゃん、若親分がおれたちの借金を払ってくれたって」

「はい、お手先の中で一番ツケが多かったのは亮吉さんでした」

「お菊ちゃん、ということはおれが一番豊島屋の売り上げに貢献しているってことだな。それにしては粗雑な扱いじゃないか」

亮吉が清蔵の定席《じょうせき》に歩み寄った。

「このくそ暑い夏に、ああ言えばこう言う。口が擦《す》り切れないものかね」

と清蔵も応じて、

「おまえさんだけだね、出来損ないは」

「なにが出来損ないだよ」

「むじな長屋の三人兄弟の長兄は金座裏の」

「おっと、もうそりゃ耳にタコだ。政次さんは金座裏の十代目、彦四郎《ひこしろう》は船宿の売れっ子船頭。そして、末弟は甲斐《かい》しょなしって言いたいんだろ」

「まあ、そうです」

清蔵は煙草《タバコ》入れを腰から抜くと煙管《キセル》を出して、煙草盆を煙管の雁首《がんくび》で引き寄せ、

「次弟の話を知っていなさるかい」

と上目遣《うわめづか》いにまだ立っている亮吉を見た。

「なにがどうしたって」

「彦四郎が近々所帯を持つらしいね」

「おい、お菊ちゃん、隠居はほんとよ、大丈夫かよ。死んじまったのを知らないでさ、この世に体だけが残っているんじゃないかえ」

「なんとでも言いなされ」

「だってよ、あいつが子持ちのお駒《こま》さんといい仲だというのは、江戸じゅうが承知のことだ。あの熱の入れようだと、所帯を持つ気だよ」

「はい、いかにも所帯を持ちます」

「だから、どうだというんです。隠居に仲人《なこうど》してくれって話が舞い込んだか」

「亮吉、よくお聞き」

「聞いているよ、隠居さん」

「綱定《つなさだ》では裏の家作《かさく》に彦四郎とお駒さん、おかなちゃんを迎えるように造作をしているのを承知ですか」

「なんでも親方の長屋が空いているからそこを借りようか、親方に願ってみると彦四

郎から聞いたがね」

「そこです。大工が入って棟割《むねわ》り長屋の九尺二間《くしやくにけん》の壁を抜いて、二つを一つにして住まいを広げる普請《ふしん》をしています。木戸口のすぐそば、窓際に小縁《こえん》があって、狭いながら庭もある。茶の木の生垣があってなかなか風情があります」

「あそこはさ、綱定の遠い親戚の老夫婦が長いこと住んでいたな。差配《さはい》代わりも務めていたんじゃないか。爺《じい》さんが亡くなって婆《ばあ》さんは娘のところに引っ越していった」

「その通りです」

亮吉がどたりと小上《こあ》がりの框《かまち》に腰を落とした。

「彦四郎め、なりがさ、仁王様みたいに大きいからな。九尺二間じゃ寸足らずなんだな」

「そんなこっちゃありませんよ」

「なにが言いたいんだよ、ご隠居さん」

「だから、綱定では彦四郎の夫婦に差配もさせようという考えです」

「えっ、彦四郎は船頭を辞めるのか。それはねえぜ、あいつさ、舟が好きで、水が好きで船頭になった男だぜ」

「いかにもさようです」

「だったら、彦四郎がうんと言うわけがねえじゃないか」

「お駒さんがおります。彦四郎は船頭稼業の合間にお駒さんの差配の手伝いをすればよいことです」

「嫁にもまだならねえお駒さんを差配にするってか。ちょいと話が進み過ぎてねえか」

「ならば綱定ではなぜ二つの長屋を一つにするんです」

「だから、彦四郎がでかいからよ」

「違います」

「ふうーん」

「鼻で返事をしましたな」

清蔵が言いながら手にしていた煙管に刻みを詰めて、煙草盆の種火で火を点《つ》けた。

「差配ってのは、あれでなかなか大変な仕事だぜ。彦四郎とお駒さんにできるかねえ。まあ、そうなりゃ、当然、店賃《たなちん》は差配と差し引きだよな」

「大五郎《だいごろう》親方のことです、差し引きなんてみみっちいことは言われますまい」

「差配料が出るのか。あいつ、船頭の稼ぎもいいんだぜ。ここの飲み代は当分彦四郎にツケだな」

「亮吉さん、なんてことを」

お菊の声に慌てた亮吉が、

「冗談だよ、じょうだん」

と言い訳した。

「私はね、彦四郎を綱定の家作に入れ、差配に願ったには綱定の魂胆があろうかと考えてます」

「こ、魂胆ってなんだい」

「綱定の大五郎さんとおふじさん夫婦には子がありません」

「そうだよな、この界隈《かいわい》はなんで古町《こまち》町人にかぎり跡継ぎがないかね、鎌倉河岸の七不思議だぜ。隠居、それがどうした。あっ、分かった、おかなを養女にもらって綱定に婿を迎えようてんだな」

「亮吉さん、それはないわ、お駒さんが許すわけがないもの」

「そ、そうだよな。彦四郎だって、子ども好きだろ、だから、手放さないよ。隠居、考え過ぎ」

「どうして、二人して早とちりかね。わたしゃ、そんなことこれっぽっちも申していませんよ」

清蔵が煙管を口に咥《くわ》えて指先を亮吉とお菊に示した。

「なんだか、持って回った話しぶりだな。言いたいことがあるならば、ずばりと言いなよ」

よし、と煙管を口からとった清蔵が、

「ここだけの話だよ」

と二人に念を押した。

亮吉とお菊が頷《うなず》き、

「わたしゃね、大五郎さんとおふじさんは綱定の跡取りに彦四郎を考えてね、自分ちの家作に入れ、ついでに差配にさせたいのではと思うてます」

「そ、そんなのありか」

「どこか差し障《さわ》りがございますか」

「ね、ねえけどよ。というと彦四郎が船宿綱定の五代目か」

「いかにもさようです」

「政次は金座裏の十代目、彦四郎は船宿綱定の五代目」

「そういうことです。そして」

「おれは金座裏の走り遣いか」

亮吉が応じたとき、暖簾が揺れて、どどどっと客が入ってきて、

「お菊ちゃん、酒だ。燗《かん》はなしだ、冷やでいいぜ」

「おれたちは温《ぬる》めの燗だ、四、五本持ってきてくんな」

と席に就く前に注文が飛んだ。

青物市場《やっちゃば》の連中と職人衆の面々だ。

「はーい、ただ今」

お菊は奥に駈《か》け込み、注文を帳場に通して突き出しの仕度《したく》を始めた。

清蔵は客たちの間を回り、

「本日も大層暑うございましたな、中暑《ちゅうしょ》なんぞになってませんな」

とか、

「恒《つね》さん、顔がだいぶこんがりと焼かれましたな」

などと挨拶《あいさつ》して回った。

「ご隠居、わっしらは屋根職だ、こんがりどころじゃないぜ。瓦《かわら》の照り返しで体の表裏から芯《しん》までよ、よく火が通ってら」

「ならばさ、酒を飲む前に水を一杯お飲みなさい」

「冗談をいうねえ、普請場で水はたっぷりと飲んでいるよ。酒っけが切れたんだ、早

くしてくんな」

といつもの豊島屋の賑《にぎ》やかな商いが始まり、清蔵が定席に戻ったのは四半刻《しはんとき》(約三十分)も過ぎたころだった。だが、そこにいるはずの亮吉の姿はなく、傍《かたわ》らの卓でお喋《しゃべ》り駕籠《かご》屋《や》の繁三《しげぞう》と梅吉《うめきち》が飲んでいた。

「亮吉はどこにいった」

「えっ、あいつ、もう来ていたのか。ははあーん、お菊ちゃんにちょっかいを出しにきやがったな」

「だれが私にちょっかいを出すですって」

盆の上に注文の徳利を乗せたお菊が通りがかりに尋ねた。

「亮吉が客のいない刻限に来ていたんだろ」

「あら、亮吉さん、いないの」

「お菊、いつの間にか亮吉の姿がないんだ」

「金座裏に戻ったのかしら」

と半《なか》ば自問しながら、お菊は客の席に注文の酒を運び、ふと思いついて入口に向かった。

隠居清蔵の言葉が気になっていたからだ。

むじな長屋で別々の家に生まれた男の子三人が、まるで仔犬《こいぬ》の兄弟のようにして育ち、一人は呉服店の老舗《しにせ》の松坂屋《まつざかや》に奉公し、もう一人は舟が好きで船宿綱定の船頭になり、そして、三人目は金座裏の御用聞き、金流しの十手《じって》の親分宗五郎《そうごろう》の手先になって、相変わらずの交友を続けていた。

だが、周囲から長兄と目《もく》される政次が松坂屋から金座裏に奉公替えし、亮吉と同じように手先になった。

しかし、政次はただの手先ではなかった。金座裏の大看板を継ぐべき人間として先を見込んでの奉公替えだったのだ。そして、子どもがなかった九代目宗五郎の養子となり、豊島屋の看板娘だったしほと所帯を持った。

清蔵は、彦四郎までが綱定の養子に入り、綱定を継ぐというのだ。

お菊は亮吉が一人取り残された気分にならないか案じた。

鎌倉河岸に濁った夏の夕暮れがあった。そして、船着き場の石段のところに亮吉は背中を向けて座り、何事か考えていた。そんな亮吉を吉宗お手植えという謂《いわ》れを持つ八重桜が守るように枝を差し掛けていた。

「亮吉さん」

空の盆を持ったまま亮吉に歩み寄ったお菊は声をかけた。

「ああ、お菊ちゃんか」

お菊は亮吉の傍らに腰を下ろした。

「亮吉さんがなにを考えていたか当ててみましょうか」

「止《や》めてくんな、寂しくならあ」

「ということは私の考えがあたったということ」

「お菊ちゃんに考えを察せられるくらいの人間なのさ」

「あら、私の考えがそれほど浅はかということ。私は亮吉さんの気持ちを真剣に考えた上にひょっとしたらと思ったことなのよ」

「ご免よ、そんなんじゃないんだ」

と謝った亮吉の瞼《まぶた》が潤《うる》んでいるのをお菊は見て、はっとした。

亮吉とお菊は無言で御城の背後の空から明るさが薄れていくのを見ていた。

長い時が流れたように思えた。

「おれって駄目だな。政次が松坂屋から金座裏に奉公替えしたときさ、嬉《うれ》しくってよ、大喜びしたのさ。だけど、政次が十代目になる約束で金座裏にやってきたと端《はた》から教えられたとき、仰天してさ、狂っちまったんだ。あの騒ぎの後、なにが起こってもおれとは関わりがねえことだと、自分に言い聞かせて、金座裏に戻ってきたのによ。清

蔵さんから彦四郎が綱定を継ぐと言われてよ、また嫉《ねた》み心が生じたんだよ。おれって、なにも変わってねえな、人間がちいせえな」

お菊の手が亮吉の手に重ねられた。

「だれだって同じことを考えるわ。私だって亮吉さんの立場に立ったら、どう考えるだろうと思ったとき、やはり同じことを考えたの。だから、亮吉さんの気持ちが読めたの」

「嫉み心はなくならないものかね」

「なくならない。なぜ、なくならないと思う、亮吉さん」

「さあてな」

「きっとなくてはならない考えだからよ。嫉み心が生じたとき、どうその考えと向き合うか、それが大事なことだと思わない。亮吉さんは今、そのことを必死で考えている」

「それでいいのかね」

「いいの、それで」

「人には分相応、それぞれが違った道を歩む」

「そういうこと」

と断言したお菊がぐうっと亮吉の手を握り、

「亮吉さんは亮吉さんよ。政次若親分とも彦四郎さんとも違う」

「嫉み心を乗り越えなきゃあな」

「そのことが大事なの」

お菊が立ち上がり、

「私、行かなきゃあ」

「お菊ちゃん、有り難うよ」

「そんな素直な亮吉さんが好きよ」

と言葉を残したお菊が豊島屋へと駆け去っていった。

亮吉はなんとも哀《かな》しいような嬉しいような妙な気分で、御堀にわずかに映った残照を見ていた。

（おれはおれ、だもんな）

と亮吉は言い聞かせ、小さな呟《つぶや》き声で、

（おれにはお菊がいる）

と洩《も》らした。

背中でばたばたと草履《ぞうり》の音がして、弥一《やいち》の声がした。

「亮吉兄い、御用だよ」

「また菊小僧《きくこぞう》がいなくなったか」

「違わい、本町の薬種《やくしゅ》問屋で異変が起こったとよ」

「合点だ」

亮吉は複雑な気持ちを胸の中に封印して立ち上がった。

二

本町は金座の西側から東に向かって一丁目から四丁目まで伸びる通りで、金座裏の縄張り内だ。本町三丁目界隈には唐和薬種問屋が軒を並べ、また伝馬《てんま》町界隈にも薬種屋は集まっていた。

本町三丁目の薬種問屋の中でも大店《おおだな》は安産散、白龍香《はくりゅうこう》だの売り物がある「唐和薬種問屋いわし屋」に決まっていた。

町内の人々は、

「薬種問屋の屋号にいわし屋とはこれいかに」

などと奉公人を茶化したりした。

謂れはある。元々先祖は房州《ぼうしゅう》の漁師で鰯《いわし》などをとり、地元の魚河岸《うおがし》に売っていたそうな。

何代も前の主《あるじ》が江戸にでかけた戻り船で、木箱が波間に浮いているのを見つけて拾い上げると、どうも唐荷らしく、蓋《ふた》を開けると中には海水が入っていない。薬の元になる薬草らしく、次の江戸行の折に本町の薬種問屋に持ち込むと、これが高値で引き取られたとか。それがきっかけで、漁師から薬種店に鞍替《くらが》えしたという曰《いわ》くがあって、

「唐和薬種問屋いわし屋」

が屋号だ。

亮吉は弥一といっしょに龍閑橋《りゅうかん》を渡り、本銀町《ほんしろがね》、本石町《ほんこく》の入口の前を通り過ぎた。

次が本町の入口だ。

「弥一、異変ってなんだ」

御用だというのになんとなく呑気《のんき》な様子の弥一を見ながら聞いた。

「よく知らないんだ。おれが外から戻ってきたらさ、若親分がどこかのお店の番頭《ばんとう》さんのような人を見送りに出てよ、おれに亮吉さんが鎌倉河岸でとぐろを巻いていよう、本町三丁目の薬種問屋いわし屋に来るようにって言ったんだ。そんでよ、若親分は八《や》百亀《おかめ》の兄さんを供に出かけたんだよ」

「その様子だと切った張ったじゃないよな」

「ないない」

弥一が顔の前でひらひらと手を振った。弥一は見習いの手先だ、金座裏の男衆の中でもいちばん若い。十四になったばかりで近ごろ顔に面皰《にきび》なんぞをこさえていた。

元々金座裏の下《した》っ引《ぴ》きの旦那《だんな》の源太《げんた》の手下で、源太は
「伊吹山《いぶきやま》名物もぐさ売り」

を表の顔に江戸じゅうを売り歩き、犯罪のタネを仕入れて金座裏にご注進するのが役目だった。だが、旦那の源太が持病の腰痛もあって職を退き、小僧の弥一が金座裏に引き取られて見習いの手先になったのだ。

「弥一、おめえ、近頃青臭くねえか」

「どういうことだよ、亮吉兄さん」

「盛りがついた雄猫みてえによ、色気むんむんっていうんだよ」

「面皰か、仕方ねえよな。おれだって嫌だけど、朝起きると二つ三つと増えているんだよ」

ふうーん、と鼻で返事をした亮吉に弥一が、

「兄さんは面皰なんてこさえなかったか」

「うーん、政次若親分はつるんとしてよ、面皰なんぞはなかったがよ、おれと彦四郎は競って作ったな」

「どうすりゃ治る」

「顔を日に何べんも洗えだの、面皰膏《めんぽうこう》をつけろだの言われたがよ、なんの効き目もねえや。二十歳を過ぎれば自然と治るよ」

「おれ、二十歳までだいぶ間があるよ」

弥一ががっかりしたように呟いた。

「いわし屋で相談してみたらどうだ」

「冗談言うねえ、唐和薬種問屋のいわし屋は、看板によ、高直《こうじき》とよ、高値を売り物にしているくらいだよ、旦那の源太親父《おやじ》が売り歩くもぐさとは違わい」

「まあ、金座裏の見習いでは買えないな」

「面皰に効く薬があるかねえ」

「あったとしても高値だな」

「そりゃ、話にならねえ」

二人は夏の夕暮れの本町を一丁目から二丁目、さらに三丁目と四丁目の角、岩附町《いわつき》との辻《つじ》を目指しながら、のんびりと歩いていった。

「ああ、そうだ。おかみさんがえらく怒っているぜ」

「えっ、おかみさんが立腹だって。おれ、なにかやらかしたか」

「違うよ。今日の昼下がりさ、格子戸のところから変な腰つきをした吉原かぶりの男が庭を覗いてさ、菊小僧が日蔭に寝そべっているのを見てんだよ。そんでおれが、なにか用かと聞いたと思いねえ」

「それでどうした」


「小僧さん、その猫、牡《おす》ですよね」

と念を押す男を振り見た弥一が、

「ああ、そうだよ。それがどうした」

と問い返した。すると揉《も》み手をした男が猫なで声を出した。

「その猫、譲ってくれませんかね。三両、いや五両なら今すぐにも払いますよ」

「なんだと、菊小僧が五両だと」

弥一の大声におみつが出てきて、

「弥一、なんだよ、素《す》っ頓狂《とんきょう》な声を出して」

と注意した。

「おかみさん、変な野郎がきてんだよ。この人がさ、菊小僧を五両で買いたいとよ。売りますか」

「弥一の馬鹿野郎、だれがうちの大事な猫を売るものか」

弥一を叱《しか》り付けたおみつが格子戸の外の男を見て、

「おまえさん、うちの可愛《かわい》い菊小僧を三味線《しゃみせん》の革にしようというのかえ。冗談はよしておくれ」

「違いますよ、三毛猫を欲しいってお客がいましてね、それで声をかけたんですよ。ねえ、七両まで出しますが譲ってくれませんか」

「弥一、薪《まき》ざっぽうを持っておいで、捕り物用の刺股《さすまた》でもいいよ。やい、うちをなんと心得て気安く声をかけやがった。ここは幕府開闢《かいびゃく》以来の御用聞き、金座裏の九代目宗五郎の家だよ。これ以上ぐずぐず抜かすと、大番屋に連れていこうか」

おみつの啖呵《たんか》に男が、

「あっ、いけねえっ」

と叫んで逃げ出した。

「そんなわけで菊小僧に七両の値が付いたんだよ」

「おれが拾ってきたんだ、七両に売れるとならばおかみさん、売っちゃえばいいんだよ。猫くらいいくらでも拾ってくるよ。そんで一月《ひとつき》に一匹売れたとしねえ、金座裏にわっさわっさと小判の山だ」

「兄い、世間が分かっちゃいないな」

「なんだ、兄いのおれを見下すような、その言い草はよ」

「ほら、またすぐ怒る。野良猫だった菊小僧がいくら可愛いからといって、五両や七両で取引されるものか。怪しげな曰くがあるに決まっているじゃないか」

「そうだよな、いささか怪しい話だよな。おれがいりゃさ、その野郎の首っ玉引っ摑《つか》んでよ、ぎゅうぎゅう言わせて吐かせたんだがな」

「兄い、猫を買いたいと言っただけの相手にそんな真似《まね》ができるわけもないよ」

ちえっ、と亮吉が舌打ちしたところで二人は本町三丁目と岩附町の辻、薬種問屋いわし屋の前に辿《たど》りついていた。すると政次と八百亀が番頭に送られて表に姿を見せた。

「御用でもないのにお手間をとらせましたな、番頭さん」

政次が言い、いわし屋の番頭の葉蔵《ようぞう》が、

「しほさんは必ずや丈夫なお子さんを産みますよ。うちの安産散の効き目は絶大です。ご安心下さいな」

と二人を送り出した。

八百亀が亮吉に目配せして、亮吉と弥一は政次と八百亀に後から従った。政次らは金座裏に戻らず、本町から折れて浮世小路《うきよこうじ》近くに最近できたという甘味《かんみ》茶屋に入った。

「若親分、粋《いき》なところを知ってるな」

「しほから教えられたんですよ。なんでも水羊羹《ようかん》が美味《おい》しいって」

男ばかり四人の組はお店の前にある小体《こてい》な庭に植えられた青紅葉《あおもみじ》の下、ちょろちょろと水が玉砂利に落ちる泉水の傍らの縁台に腰を落ち着けた。開け放たれた店の土間では女たちが甘味を食べていた。

「いらっしゃいませ」

とお店の女主が応対に出てきて、

「金座裏の若親分のご入来とは光栄にございます」

と挨拶し、その整った顔立ちの女を見た政次が、

「瀬戸物町のお江《こう》さんではございませんか」

「あら、覚えていて頂けましたので」

「むろんです。お江さんが屋敷奉公に出られるとき、松坂屋であれこれと持ち物を用意させてもらいました。お屋敷勤めを辞めてお宿下《やどさ》がりとは聞いておりました」

「そうなの、行儀見習いという名の体《てい》のいい奉公を十余年、結局齢《とし》をとっただけで瀬戸物町に出戻りよ。実家とはいえ弟に代替わりして家にも居づらいし、こんな店を始めたの、ご贔屓《ひいき》に願います」

「嫁のしほから教えられて、これは是非にと足を運びました。一休みさせて下さいな」

と政次が願うと、女主人が嫣然《えんぜん》とした会釈を残して奥へ下がった。

「瀬戸物町の備前屋《びぜんや》のお江さんでしたね。麴町《こうじまち》の大身旗本《たいしんはたもと》の屋敷に奉公に出たってところまでは覚えてましたが、あの娘がなかなかの貫禄《かんろく》ですね。独りもんじゃありませんぜ」

と八百亀が言った。

「八百亀の兄い、亭主がいるってことか」

「亭主がいればこんな店出させまい」

「相手がいるってことか、お妾《めかけ》さんか」

「亮吉、それ以上の詮索《せんさく》は無用です」

政次が亮吉の好奇心を止め、亮吉が頷くと、

「いわし屋の相談ごとってなんだい。しほさんの具合が悪いのか、安産散なんて買っ

てよ」

「安産散は、いわし屋を訪ねた名目ですよ。いわし屋では近頃高い薬種の朝鮮人参《にんじん》や伽羅《きやら》、沈香《じんこう》、さふらん、犀角《さいかく》、熊《くま》の胆《い》などがいつの間にかなくなるんだそうだ。どう考えても外から人が入ったということはないようだというし、しほのお産に事寄せて、八百亀の兄さんといわし屋を覗いてきたんですよ」

「で、なにか分かったかい」

「これまで売値にして七、八両ほどの失《う》せ物ですが、家の中に泥棒を飼っているのはよくない。なにか知恵はないものかと相談されて店を覗いたはいいが、格別に知恵は浮かびません」

　と政次が苦笑いした。

「怪しい奴はいないんだね」

「高価な薬がなくなるのは半年前からというし、いわし屋でも結構眼《め》を光らせてきたはずだ。ここんところなにも起こらないなって時を狙《ねら》って朝鮮大人参など値が高い薬が姿を消すんだそうだ、それでいわし屋の番頭さんが旦那の儀《ぎ》右衛門《えもん》さんと相談してうちに来たってわけだ」

　八百亀が政次の傍らから言った。そこへ宇治茶と水羊羹が小女《こおんな》たち二人に運ばれて

きて、話はいったん中断した。

「ああ、こいつはうめえや」

水羊羹を一口食べた弥一が思わず声を上げ、

「水羊羹なんぞで男が騒ぐねえ、だから面皰なんぞ拵《こしら》えるんだよ」

と亮吉に怒鳴られた。

「食べてみなよ、美味しいから」

弥一に言われた亮吉が水羊羹をつるりと一気に口に放り込み、

「うん、こいつはたしかに美味《うめ》え、口の中に涼しい風が吹き抜けたようだ。一気に食べるんじゃなかったな」

と感心したり、嘆いたりした。

「おっ養母《か》さんとしほに買って帰ろうか」

と二人の手先の会話に応じた政次が、

「さあて、どうしたものかね、八百亀」

「たしかにお店に盗人《ぬすっと》を飼っているのは嫌な気持ちでしょうね。小泥棒がいつ大泥棒に変じるかもしれねえや。一人いわし屋の中に入れますか」

「縄張り内ですからね、うちの手先たちはみんな顔を知られていましょう」

　政次の言葉に八百亀が弥一を見た。

「おめえ、最前、顔を見られたか」

「見られてないと思うけど、おれがいわし屋にどうするんだ」

「ちょいと齢は食っているけど小僧奉公をするんだよ、おめえは旦那の源太の下でもぐさを売り歩いていたんだ、まんざら薬種問屋の関わりがないこともない。どうですね、若親分」

「できますか、弥一」

　政次が念を入れた。

「おれ一人でお店奉公ですかえ、ようやくもぐさ屋の小僧を辞めたと思ったら、また薬屋に逆戻りか。おれ、できるかな」

　弥一が不安げな顔をした。

「弥一、初手柄を立てる機会じゃねえか。おめえの連絡《つなぎ》はおれがやろうじゃねえか」

　亮吉が自ら名乗り出た。

「亮吉はこの界隈で顔を知られてますよ。どうしたものかね」

　政次の思案に八百亀が、

「若親分、裏の蔵の手入れをしていましたね」

「蔵の壁を塗り替えておりましたね。高価な薬を扱う薬種問屋だ、三戸前《みとまえ》の蔵を塗り替えるのは日にちも要しましょう」

「いわし屋に入っている左官の親方は元大工町《もとだいく》の雄吉《ゆうきち》さんだ。おれが一人臨時雇いを加えてくれないかと頼んでみようか」

「左官の広吉《こうきち》を元大工町の親方の弟子にしようという算段ですね」

「そういうことです」

「弥一と広吉の二人で大丈夫かえ」

亮吉は案じたが、広吉は、亮吉ほどこの界隈で顔は知られてないし、手先としてはしっかりとした観察眼と粘りを持っていた。

「八百亀、その手配を願おうか」

政次が決断して、広吉が左官職に、弥一が薬屋の小僧に舞い戻っていわし屋に入ることになった。

「いつからいわし屋奉公が始まりますので」

なんとなく不安げな顔で弥一が政次と八百亀を交互に窺いながら訊《き》いた。

「仕込みに一、二日掛かろうぜ、まあ、待て」

と八百亀が応じて、

「弥一、おれがこういうときの心得をとくと教えてやるよ。大船に乗った気持ちでいねえ」

「亮吉さんが教えてくれるって、それより左官の広吉さんの方が頼りにならあ」

「殴られたいか、弥一」

と亮吉が拳《こぶし》を振り上げ、

「おれの出番はなしか」

と嘆いた。

「亮吉さんは菊小僧の番がちょうどいいよ」

「くそっ、あいつに五両だ、七両だって値がつくからよ。厄介が一つ増えたじゃねえか」

亮吉がぼやき、八百亀が、なんだ、菊小僧に値がついたというのは、と問い返して亮吉が事情を説明した。

「おれなんぞ、どこぞに奉公替えしてもよ、給金七両なんてどこも出してくれないよな」

「くれないくれない」

と弥一が言い、

「そんな馬鹿な話があるか、亮吉が拾ってきた菊小僧が七両だと」

と八百亀が言い返し、政次を見た。

「八百亀の兄さん、これまで黙ってましたがね、菊小僧を欲しいという海を相手の船頭や漁師、それに猫好きはいますよ。それも五両、七両の話じゃございません。出る処《ところ》に出れば何百両という値が付きましょう」

政次が応じた。

「えっ、なんでおれが拾ってきた三毛猫がよ、何百両もするんだよ」

「牡だからですよ。三毛猫の牡は万に一匹しかいないそうな、まず牝《めす》と決まっているものだそうです。ですが、菊小僧は牡、そんなわけでその男もどこぞに持っていって売り飛ばそうと考えたんでしょうね」

「おっ魂消《たまげ》たな。菊小僧が何百両もの猫だったとはな。若親分、おかみさんは菊小僧がこの前に家出したとき、そいつを知っていたから騒いだのか」

「おっ養母さんは未だ知りません。金座裏で承知なのは親分だけでしょうね」

「それと若親分か」

亮吉の問いに政次が頷き、

「こりゃ、いわし屋のこそ泥どころじゃねえぜ、今日からおれが菊小僧の張り番をす

る」

「亮吉、菊小僧は値がつこうとつくまいと金座裏の飼い猫です。それだけのことです」

と政次が窘《たしな》めた。

三

二日後、弥一が見習い小僧として薬種問屋いわし屋儀右衛門方に入り、広吉が元大工町の左官の雄吉親方の臨時雇いとして普請場に通い始めた。むろん壁塗りをやらせてはもらえない。壁土をこねたり、道具を兄貴分に運んだりと雑用方だ。

そんなわけで金座裏が急に寂しくなった。

亮吉は菊小僧の挙動ばかりを見て、猫の後についてまわり嫌がられていた。

事情を知らないだんご屋の三喜松《みきまつ》が、

「亮吉、おめえ、菊小僧の尻ばかりおっかけてどうしたえ。お菊にふられて猫に鞍替えしたか。菊小僧は牡だぜ」

「その牡が何百両、いや、なんでもねえや。おりゃ、菊小僧のことが心配なんだよ。この前みてえによ、家出しておかみさんを悲しませちゃいけねえと思ってよ、おれの

眼の届くところにおいておきたいんだよ」

「おや、亮吉たら思いやりがあるね。いつからそんな殊勝《しゅしょう》な気持ちになったえ」

「おかみさん、おりゃ、昔から生き物には弱いんだよ。蟻《あり》んこ一匹だって、踏みつぶす殺生《せっしょう》はできないもの」

「ほう、そんな心魂《こころだましい》だったかね」

亮吉とおみつの会話に三喜松が首をひねり、八百亀がにやにやと笑って、

「亮吉の言葉なんぞおかみさん、講釈師より信用になるもんかね。これには魂胆がありますぜ、決まってまさあ」

「おや、八百亀の兄さん、そんな曲がった見方をしなくてもいいじゃないか」

「しほさんが迷子札を首輪に付けてくれたんだ。このご町内、いやさ、江戸八百八町のどこに行こうと金座裏の猫だって分かるよ。摑まえた人がさ、直《す》ぐに連れてこようじゃないか」

「兄さん、なんてことを言っているんですかえ。菊小僧が外を出歩くなんて許しませんよ」

「だって菊小僧は猫だよ、勝手にどこだって行こうじゃないか」

おみつが反論した。

「おかみさん、だめだめ、この前の家出を忘れなさったか。菊小僧は家の中で飼います。なんたって菊小僧を拾ってきたのはこのおれだからさ」

菊小僧が縁側から庭に下りようとするのを亮吉が捕まえ、両腕に抱き上げた。

「菊小僧がちょいと可哀相《かわいそう》じゃないか、庭くらい下ろしてやりなよ」

おみつがさらに言う。

このところの金座裏一家は菊小僧のことをあれこれと話題にするくらいのんびりとしていた。騒ぎがないということは江戸が平穏ということ、なによりの話だった。いわし屋の探索の手がかりもないらしく、仕事帰りに広吉が金座裏に立ち寄った体で戻ってきたが、芳《かんば》しい報告はない。親分も政次も広吉を急《せ》かせることなく、

「焦《あせ》りは禁物だ」

と諭《さと》して翌朝また仕事に出した。

「親分、亮吉のこの態度、おかしくないかえ」

八百亀が黙って煙管の掃除をこよりでする宗五郎にわざと話題を振った。

「亮吉め、たれぞに知恵を付けられたらしいな」

「やっぱりなんぞ裏がございますかえ」

と八百亀。

「お、親分、知恵や裏などなにもねえよ」

「そうかえ。三毛猫の牡は万匹に一匹の珍重だと、世間の猫好きが大金で買い漁《あさ》るってのをだれに教えられたえ」

えっ、とだんご屋の三喜松が驚き、

「ほ、ほんとうですかえ、親分」

と宗五郎ににじり寄って問うた。そして、亮吉が抱く菊小僧に眼をやった。亮吉がくるりと三喜松の視線から菊小僧を隠すように背中を向けた。

「おれも売り買いされる現場に行きあわせたことがねえ。だから、断言はできないが三毛猫の牡にかぎり、どうもそうらしいんだ」

「大金っていくらです」

「何百両って値だ」

「た、魂消た」

三喜松が立ち上がると亮吉の前に回り、腕の中の菊小僧を抱き取ろうとした。

「だめだめ、だ、だんご屋の兄い、菊小僧をどこかに売り飛ばそうなんて考えてねえよな」

「おまえじゃねえよ。ただぶっ魂消ただけだ。ということは、菊小僧がうちに来たと

きから、親分はそんな猫だって気付いてなさったか」

ああ、と返答した宗五郎が、

「過日、家出したときもそんなことを思い出して盗まれたんじゃないかと考えないこともなかった。だがな、家内の騒ぎを大きくしてもと黙っていたんだ。亮吉、その話、だれに聞いたえ」

「若親分ですよ。八百亀の兄いも一緒に聞いていたじゃないか。知らんふりしてさ、おれの魂胆がどうのこうのと、とうとう皆にばれちまったじゃないか」

「ということは先日、菊小僧を見て五両だ、七両だって買おうといったあの男も亮吉と同じ穴のムジナかえ、おまえさん」

おみつが口をあんぐりと開けて、聞いた。

「まず間違いあるめえな」

掃除が終わった煙管を宗五郎は二度三度と空吹きした。

「こら、亮吉、おまえも吉原かぶりのあの男と同じ考えか」

「違うよ、おかみさん。菊小僧を売り飛ばそうなんて考えていないよ。ただ、何百両もする菊小僧をよ、あの野郎が盗もうなんてこの界隈に眼を光らせているんじゃないかと思ってよ、気が気じゃないいんだよ」

亮吉が必死で抗弁し、一頻《ひとしき》り菊小僧の話で盛り上がった。

いつの間にか夏の夕暮れが近付き、ただ今、と左官の広吉が戻ってきた様子だ。いつもより帰りが半刻（約一時間）ばかり早かった。

「えっ、こんな時間かえ、大変だ。夕餉《ゆうげ》の仕度をしなきゃあ」

おみつが慌てて立ち上がった。

「おっ養母さん、しほが台所は仕切ってますよ」

「えっ、もう産み月が近いんだよ。しほが流産したらどうします。政次、おまえもしほのことをもう少し注意して見てなくちゃいけないよ」

今度はおみつが狼狽《ろうばい》した。

「おっ養母さん、産み月に近くなればなるほど妊婦は体を動かしたほうが、お産が楽だそうですよ。産婆《さんば》のおかつさんも身体を厭《いと》いすぎずに動かすようにしほに忠言していました」

「おかつさんは七人も八人も生んだつわものですよ。おかつさんとうちのしほは育ちが違います」

と言いながらおみつが台所に消え、

「しほさんとおかつ婆さんは育ちが違うってよ。おまえはそうなると大変な出だね、

高貴の生まれで猫の間でさ、麿《まろ》かなんか呼ばれてもいいな。変な牝に引っかかるんじゃねえぞ」

亮吉が腕の中の菊小僧に言い聞かせた。だが、猫は亮吉に抱かれているのが嫌らしく、いきなり手を引っ掻《か》いて腕から飛び降りた。

「ちくしょう、恩知らず」

亮吉が庭に出た菊小僧に叫ぶところに、裏庭の井戸端で手足を洗った広吉が親分の宗五郎が長火鉢の前に鎮座する居間の廊下に姿を見せた。すると広吉の体からぷーんと、藁《わら》を刻み込んだ壁土の臭《にお》いがした。

「いわし屋の土蔵は結構傷《いた》んでいるのかえ」

宗五郎が広吉に聞いた。

「へえ、親分、三戸前ある蔵の真ん中の蔵は風の通りが悪いや。その上、母屋の屋根から雨が落ちて土蔵にかかるんでね、下地から塗り直しているんですよ。左官が嫌いで辞めたわけじゃなし、結構楽しんでます」

元左官職だった広吉が苦笑いした。

「広吉、親方は日当をくれるってか」

「亮吉さん、おれ、左官職本気で戻ったわけじゃないよ。探索で左官職人に化けてい

るだけだよ」

「ふーん、ということはただ働きか」

「亮吉」

と政次が亮吉を窘めた。

はっ、とした亮吉が、

「広吉、つい余計なことを言ってすまねえ」

と詫《わ》びた。

「いわし屋になんぞ変わったことがあったか」

「へえ、こいつはおれが気づいたわけじゃないんだ。今日さ、小僧の弥一が普請場にきて目配せするから、昼飯を急いで食っていわし屋の裏手の路地に出たと思いねえ。いわし屋から離れたところにさ、伏見《ふしみ》稲荷《いなり》社があってね、そこで弥一と落ち合ったのさ……」

「左官の兄さん、いわし屋に出入りする薬売りの中でさ、安房国の出で木《き》更津《さらづ》近辺を縄張りにする房州《ぼうしゅう》と仲間内に呼ばれている父っつあんがいるのが分かるか。十日から十五日に一度くらいの割合で店に姿を見せるんだよ。おれも今朝方、初めて見たんだ

けどさ」

「こっちは普請場でこき使われているんだ。店なんぞに顔出しできないよ、知るわけがない」

「房州の父っつあんはなんでもいわし屋の遠い親類なんだとさ。だからさ、仕入れにくる薬売りの中でも幅が効いてさ、番頭さんなんかと対等に口を利いてよ、あれこれと指図することがあるんだよ」

「房州の父っつあんが怪しい動きでもしたか、弥一」

「出入りする薬売りの中で房州の父っつあんだけが、いわし屋の台所や厠《かわや》を使えるんだ。それに台所の女衆にもえらく気安く口を利いてさ、いわし屋じゃ親類てんで、大目に見ているようだが、お店の裏の薬の調合部屋でさ、薬研《やげん》なんぞを手にしていることもある」

「いくら親類たって薬売りが薬研を使うことは許されまい」

「左官の兄さん、得意先にさ、房州の調合じゃないという客がいるんだってよ、だからおれが調合するって何年も前から薬研なんぞを使っているらしいんだ」

「そんな房州ならば、薬をちょろまかすことができるな」

「もう一人くらい仲間がいれば、くすねることもできないわけじゃないと思うよ」

と弥一が言った。

「……親分、若親分、そんなわけだ」

「弥一の勘があたっているかもしれねえな。房州がこの次、仕入れにくるときは十日から半月後か」

「それがさ、房州は、江戸に出てくると馬喰町《ばくろ》一丁目の裏の安房屋《あわや》に一晩泊まっていくらしいぜ。こいつも弥一が手代《てだい》の一人から聞き込んだ話だ」

「木更津河岸から出る船にも乗らず江戸の馬喰町で一泊か、こやつ、いよいよ怪しいな」

宗五郎の言葉に政次がすいっと立ち上がった。広吉も従う気になったが、

「まだ話が決まったわけじゃねえ、広吉、おまえは一日働いたんだ。政次たちにあとは任せねえ」

宗五郎に押しとどめられた。

「親分、左官の真似事は今日で終わりですか」

「名残り惜しいか、広吉」

「というわけじゃございませんがね、下地塗りをようやく任せてもらったんです、な

んとなく心残りだ」

「今晩次第だがおれの勘じゃ、幕引きになるとは限るまい。もうしばらく左官屋を続けねえ」

宗五郎が広吉に命じ、

「広吉、湯にでも浸《つ》かってきな」

と亮吉が言い残した。

政次の供に常丸《つねまる》、亮吉が従い、三人の若い連中の後見方で八百亀が付いていくことになった。

金座裏から馬喰町一丁目の旅籠《はたご》町まで四半刻もかからない。御用聞きの歩きはゆったりしているようでそれなりの早足なのだ。

安房屋はこの界隈でも中どころの旅籠で公事《くじ》や江戸見物に出てきた人々が泊まる安直な宿だ。

「ご免よ」

八百亀が安房屋と染め出された文字が薄れた暖簾を分けて、敷居を跨《また》ぐと、夕餉の刻限か、膳や飯櫃《めしびつ》を持った女衆が忙しく走り回っていた。

「ご免なさいよ」

と再び八百亀が声をかけると、

「生憎《あいにく》と今宵《こよい》は部屋がいっぱいでしてな」

と言いながら安房屋の番頭が姿を見せ、

「おや、金座裏の若親分を始め、お歴々の到来で。こりゃ、泊まり客じゃございませんね」

と言い、なんぞ御用でと声を低めた。

「友蔵《ともぞう》さん、房州の父っつあんと呼ばれる薬売りが安房屋を定宿にしていると聞いてきたんだがな」

八百亀も声を潜《ひそ》めて訊いた。

「房州ね、近頃はお見かぎりですよ」

「いつからお見かぎりだえ」

「半年も前からね」

「江戸に泊まらずに木更津帰りか」

「違いますよ、宿替えです。永年の付き合いですが、うちに女を引き込むのは都合が悪いんでしょうよ。こっちも困りますがね」

「房州の父っつあんの女がいるのかえ」

「いるようですね」

　と友蔵が応じた。

「商売女か、素人《しろうと》か」

「さあね、だいぶ前のことですよ。年増《としま》女が朝次《あさじ》の父っつあんを呼び出したことがある。その折、ちらりと見ましたがお店《たな》奉公の女衆ですね。渋皮の剝《む》けた女というんですかね、後家《ごけ》かも知れねえな」

「それがいつのことだえ」

「だからさ、うちから宿替えする前のことだったな」

「半年前だ」

「へえ、その時分だね」

「さあて、おめえさんも長年の旅籠の番頭だ。房州の朝次父っつあんがどこへ鞍替えしたかご存じないかえ」

「八百亀も金座裏でさ、長年伊達《だて》にとぐろを巻いているわけじゃないね」

「とぐろを巻くほど甲羅《こうら》は経《へ》てねえよ」

「とぐろは蛇、甲羅は亀」

　と応じた友蔵が、

「三月《みつき》前のことかね、御用で浅草橋界隈の知り合いを訪ねたんですよ。そしたらさ、下平右衛門《へいえもん》町に船宿と旅籠を兼ねた小体な宿があってね、夕暮れどきにあの年増女が入っていくのを見たのさ。ありゃ、間違いなく房州が女と会うために宿替えした宿ですよ」

「船宿の名はなんだえ」、

「それがさ、宿の看板がどこにもなくてさ、知る人ぞ知る隠れ家って感じでね、右隣は老舗の船宿涼風《すずかぜ》だから、直ぐに分かりますよ」

「ありがてえ」

「お役に立てたかね。近頃、房州の父っつあんめ、なりに気を配ったりしていたからね、女に騙《だま》されてなきゃあいいけどな」

と安房屋の番頭が言い、

「若親分、もうすぐしほさんに子が生まれなさるんじゃないかね。おめえさんと鎌倉河岸の豊島屋の看板娘の子だ。さぞ凜々《りり》しい十一代目が生まれなさるよ」

「番頭さん、ありがとうございます。だけど、男の子が生まれると決まったわけじゃございません。親分とおっ養母さんは男と願っておいでのようですが、私は元気ならば男でも女でも構いません」

政次が松坂屋で奉公していたときの、丁寧な言葉遣いで応じた。

「大店ではさ、娘が生まれると赤飯を炊くというしね、奉公人の中からこれと思う男を娘の婿に取れば、お店は安泰《あんたい》だ。金座裏も政次さんは松坂屋さんから、養子に入って万々歳だ。この際、男でも女でもいいか」

「はい。さようでございます」

「おめえさんと話していると、御用聞きの若親分なんてまるっきり感じがしないよ」

と苦笑いした友蔵に見送られて、政次らは馬喰町の表通りに出た。

「亮吉、すまないが今の話を親分に伝えてくれないか。それと広吉に渋皮の剝けた年増女がいわし屋の女衆にいないかどうか、尋ねておくれ。住み込みじゃない、通い女だ」

と政次が亮吉に願い、

「若親分は下平右衛門町だな」

「いかにもさようです。夜通しになるかもしれません」

「ならばさ、親分に報告した後、彦四郎に願って舟を出してもらおうか。柳橋《やなぎばし》の船宿はあいつの同業だ、涼風にも無理が利くかもしれないぜ」

「そう願いましょう」

政次ら三人と亮吉は馬喰町の通りで二手に分かれた。

四

政次らが下平右衛門町の船宿涼風界隈に着いたとき、夏の日はさすがに暮れていた。柳橋筋の船宿は夕涼みの客の乗る屋根船の出船で賑わいを見せ、神田川は込み合っていた。

「涼風の船着き場があれですぜ、となると手前のひっそりとした所が安房屋の番頭が言った隠れ家かね。あんなところに小体の船宿があったなんて気がつかなかったな」

金座裏の番頭格の八百亀が漏らした。

「兄い、おれも初めてだ」

と常丸。

「あれは、小松町の呉服屋蓑屋《みのや》の先代の旦那が妾さんを囲っていた家ですよ。だれかが買い取ったんですね」

「そうだ、若親分、違いねえ。蓑屋の先代が亡くなったあと、妾の、といっても大年増のお妾さんが住み続けていましたがね、だれかが買い取って、出合い茶屋にしたのかねえ。まあ、曰くのある男と女の出合いの茶屋だ。この夏の盛り、屋根船は夕涼み

の客でいっぱいだ。でえいち船を出したって、しっぽり濡《ぬ》れるどころか他の船から覗きこまれるのが落ちだ。てんで、船宿の看板をあげて実態は怪しげな宿にしたんだね」

　と八百亀が言った。

「いきなり飛びこむのもなんですね。涼風に寄せてもらいますか」

　政次の発案で三人は老舗の船宿の暖簾を分けた。

「いらっしゃい。あいにく船が出払っておりましてね」

　男衆が帳場机から目も上げずに言い、顔を上げて、

「なんだ、金座裏のご一行ですか」

　と言うと、

「船が出払ったんでね、詰将棋を解いていたところですよ。五手詰めというんだが、なかなか詰めない」

　と苦笑いした。八百亀が男衆に、

「兼《けん》さん、おめえさんはこの界隈の古狸《ふるだぬき》だ。ちょいと教えてほしいことがあってね」

「おまえさんほど年季は積んでないよ、なんですね」

「隣の怪しげな船宿のことだ、だれが主だえ」

「ふーん、隣に金座裏の手が入るのかえ」

違う違うと手を顔の前でひらひらさせた八百亀が差し障りのないところで事情を告げた。

「なんだ、隣の客かえ。最近じゃこの界隈に不釣り合いの輩《やから》が出入りしているよ。よほど宿代が安いのかね。船宿仲間で隣のような宿が増えるのは芳しくない、御用聞きに目をつけられて評判が落ちるって、話し合っているところだ。あっ、おまえさん方も御用の筋だったな」

「あいにくとな」

「金座裏は別格さ。八百亀、若親分まで引き出してなにが知りたい」

「木更津からきた薬売りが一月に一度か二度の割合で使っているはずだ」

「なんだ、朝次のことかえ」

「承知か」

「最初、うちに飛び込んできやがった。女を連れ込む様子がありありなんでね、うちはまっとうな船宿です、と断ったら房州訛《なま》りで凄《すご》みやがった。それから一月もしたころ、あいつが隣に出入りしているのを見たよ。あいつ、本町の薬種問屋いわし屋の分家だってね、いわし屋もお里が知れる分家なんぞを出入りさせているとろくなことは

ないよ」

「兼さん、今晩、奴が泊まっているかどうか、知る手はないかね」

「手か、ないことはない。隣は素人が主だ、うちにあれこれと聞きに来るからさ、男衆の一人とは話ができないわけじゃない。待ってなせえ」

帳場机から立ち上がった男衆が裏へと姿を消した。

「若親分、わっしは隣の出入りを見張っていまさあ」

常丸が涼風から表に出ていった。

「八百亀の兄さんはさすがに顔が広うございますね」

「若親分、死んだ下駄貫《げたかん》ともども八代目の親分からとことん町廻《まちまわ》りをさせられてさ、町内にゃあ、なんでも話が集まる場所がある。そんなお店と仲良くなれと叩《たた》き込まれましたからね。そいつが今役に立ってますので」

「見習わなきゃあ」

「若親分は若親分の筋がございますよ、わっしら手先とは違いまさあ」

八百亀がいうところに涼風の男衆が戻ってきた。

「八百亀、朝次は泊まっているよ。だが、女はまだだ。二人してお盛んでね、夜通し鶯《うぐいす》の鳴き声が響いているそうだ。明け六つ（夜明け）には朝次と女は必ず木更津河

岸まで隣の猪牙舟《ちょきぶね》で送らせるそうですよ」

「明日もそうかえ」

「猪牙を頼んだから間違いない」

「助かった。女の素性は分かるまいね」

「いわし屋の奉公人のおさいってんだ。なんでも江戸橋の南詰め界隈の裏長屋に住んでいる様子だと、船頭がさ、猪牙舟の中での話で推察がついたそうな」

「大助かりだ」

八百亀が答えたところに常丸が飛び込んできた。

「いわし屋の通い女中が隣に入りましたぜ。顔を隠していたが、まず間違いない」

「おさいって女だな」

「なにっ、八百亀の兄い、すでに素性も割れているのか」

「兼さんの聞き込みだ」

と笑った八百亀が、

「若親分、どうしますね」

「八百亀の兄さん、男と女が出合い茶屋で逢引《あいび》きしたからってお縄にするわけにもいきますまい。明日の朝、二人の様子を見てみますか」

政次が張り込みを決断した。

「となると亮吉が彦四郎を伴《ともな》ってくるのを待ちますか」

と八百亀が言うと涼風の男衆が、

「若親分、八百亀、相手の明日の動きは分かっているんだ。うちは神田川べりに船小屋を持ってまさあ。そこを使いなせえ、蚊遣りもあれば、夜具もそろってますよ」

と言った。

「兼さん、甘えついでに頼んでいいかね」

「なんですね」

「おれたち、夕餉が抜きだ。近くに食い物屋を知らないか、この界隈は安直な屋台は出ないものな」

「船宿仲間で変な屋台は出ないようにさ、おめえさん方の手も借りて取り締まっているからね。屋台はないよ。だがさ、八百亀、船頭の食い物でよかったら、うちの賄《まかな》いを用意するよ。酒を付けるかね」

「兼さん、そう上げ膳据え膳じゃ、わっしら涼風に居付いてしまうよ。酒はいい」

政次らは涼風の好意で神田川沿いに建つ船小屋に入った。三畳ほどの広さで仮眠もできるようになっていた。

「こんな極楽な張り込みも滅多にあるもんじゃない、涼風様々だ」

船小屋から隣の船宿の持ち舟の猪牙舟も見えた。

政次たち三人は涼風の賄い飯を馳走《ちそう》になり、その頃になると夕涼みの屋形《やかた》船が次から次に戻ってきた。だが、なかなか亮吉を乗せた彦四郎の舟は姿を見せる様子はない。

「彦四郎、夕涼みの船に乗っかっているかね」

「八百亀、それならば、亮吉が徒歩《かち》でこちらに姿を見せましょう。それがないところを見ると、いわし屋でなにかが起こったか」

「若親分、別の騒ぎで金座裏がてんてこまいということはないかね。あるいは菊小僧が連れ去られたか」

「常丸、そうならそうでこちらに使いがこよう」

三人があれこれと推測して話し合ったが、答えが出るはずもない。

四つ（午後十時頃）の時鐘《じしょう》が石町《こく》の鐘撞《かねつ》き堂から響いてきたとき、神田川は静けさを取り戻していた。そんな中、彦四郎の漕ぐ猪牙舟がようやく姿を見せて、常丸が飛び出して迎えた。

猪牙舟には亮吉の他になんと宗五郎も乗っていた。

「親分直々《じきじき》の騒ぎとも思えないがね」

八百亀が言い、船小屋に二人を迎えた。

「ちょいと事情が変わってな、いわし屋の儀右衛門さんが直々にうちに相談に見えたんだ」

「というと縁戚のことだ。なんとか穏便《おんびん》にとか頼みにきたかね」

「八百亀、早合点するねえな。いつものように唐渡りの朝鮮人参が消えたばかりか、客から受け取った二百三十五両がちょっと間に銭箱からなくなったそうだ。それで本式に調べてほしい、薬をちょこちょこくすねられる騒ぎとはわけが違うし、店の奉公人にも示しがつかないというわけだ」

「朝次の野郎の仕業《しわざ》ですかえ」

「朝次がいわし屋を去った時点では金子《きんす》はなくなってなかったてんだ、そいつははっきりとしているらしい。それで亮吉の話を含めていわし屋に出向き、渋皮の剝けた年増の通い女が組んで盗んだんじゃないかと、およその見当はつけたところだ。ただし女がお店を出るときは何も持ってない。盗んだあと、お店の外に隠していたと思える」

「おさい、確かに風呂敷包みを抱えてましたぜ」

と常丸が答えた。そして、政次が、

「おさいは、江戸橋南詰付近に住んでいるそうですね」

「ほう、こっちでも正体が知れているのか。彦四郎に手伝ってもらい、おさいの長屋に行ってみたが姿はなしだ。というより、なんとなく長屋が片付いてやがる。朝次とおさいはつるんで、江戸を離れようって魂胆じゃねえかと思う」

「隣の船宿に踏み込みますかえ」

「おさいはいるのか」

「朝次といっしょでさ。朝の六つには二人して猪牙舟で木更津河岸まで送らせるそうですぜ」

「二人が隣にいるかどうか確かめねえ。二百三十余両となれば重罪だ。いるとなれば表と裏を見張り、明日の朝、猪牙に乗るときに引っ括《くく》ろうか。他の客まで巻き添えにして驚かすこともあるめえ」

宗五郎が言い、よしきたと常丸と亮吉が隣の船宿に忍んでいった。

「親分、慈悲心が湧《わ》きましたかね」

「八百亀、齢をとると人間得《え》てして寺参りなんぞを始める。十手を持つにはいささか馬齢《ばれい》を重ねたのよ」

「親分が西国《さいごく》霊場巡りをするときは、おれも同行しよう」

「二人してお遍路《へんろ》に行くかえ」

と話すのを彦四郎がにやにやと笑って聞いていた。

「おかしいか、彦」

「いえ、おかしかありませんがね、なんだかちょいと早かありませんか、善行をつむのはさ。それより亮吉が妙にすねていませんかえ」

「どうした」

と八百亀が問うた。

「あいつ、おれが綱定の家作の差配になるのかとしつこく尋ねやがった。たしかに裏の家作に住んでいいって親方が言ってくれたけど、ちゃんと店賃を払ってのことだ。なにを勘違いしたかね」

「たれぞに唆《そそのか》されたんだな」

と宗五郎が応じて、静かに夜が更けていった。

夏の朝のことだ。

はやばやと江戸の町に東から陽射《ひざ》しが差し込み、白んでいる。だが、この朝、神田川から大川界隈にかけて朝靄《あさもや》が立ちこめていた。

下平右衛門町の出合い茶屋の裏手に神田川の岸辺に並行した一枚の橋板が敷かれ、猪牙舟が止まって客を待ち受けていた。

裏木戸が開き、旅姿の二人の男女が姿を見せた。むろん房州との異名《いみょう》を持つ薬売りの朝次と、唐和薬種問屋いわし屋の通い女中のおさいだ。

木戸の奥から、

「またのお出《い》でをお待ちしております」

と男衆の声がしたが見送りには出てこなかった。二人は左右を見回したあと、足早に止められてあった猪牙舟に乗り込み、頬被《ほおかぶ》りをして菅笠《すげがさ》をかぶった大柄の船頭が舟を出した。

「木更津河岸だぜ、六つ半の一番船に乗るんだ」

「へえ」

と短く応じた船頭が棹《さお》を使って舟を進めると朝靄が舳先《へさき》に蹴《け》り散らかされたように左右に漂った。

無口な船頭は棹から櫓《ろ》に替えた。

「おまえさん、当分江戸とはおさらばだね」

「ほとぼりが冷めるまで田舎《いなか》暮らしだ。魚はうめえし、野田辺りの酒もばかにしたも

んじゃねえ」

「在所暮らしに銭はかかりますまいね」

「地道に暮らせば十年はもつぜ」

「おまえさんは女好きだからね、直ぐに別の女に手を出すんじゃないかえ」

痛《い》てえ、と男が言い、

「在所の女は泥臭いや、まあ、当分、おまえで我慢だ」

「よく言うよ。だれが危ない橋を渡ったんだい。帳場から金子を持ち出し、塀外の防火桶《おけ》の蔭に隠したのは私だよ」

「おっと、それを言うねえ。あの金子が昨日に入るのを教えたのはこのおれだ」

「縁戚だかなんだか知らないが、おまえさんの評判はこれでおじゃんだね」

「へっ、縁戚だなんて、あちら様はこれっぽっちも考えてもねえよ。こっちが吹聴《ふいちょう》したもんだから致し方なく出入りさせていたんだよ。近頃じゃ奉公人も冷たい扱いだ、いい縁切りっていうもんだ」

「さばさばしたってかい」

「ああ、そんなとこだ」

猪牙舟は男女のひそひそ話をよそに神田川から大川に出て、両国橋を潜り、大川端

を新大橋へと向かっていく。

船頭の櫓さばきは大きな体を十分に使ってゆったりしていたが、下りの流れと相俟《あいま》ってぐいぐいと進んだ。

新大橋に差し掛かったころ、朝靄も朝日に力を失い、急速に薄れていった。大川に出て二つ目の橋を潜った猪牙舟は陸奥《むつ》磐城平《いわきたいら》藩の上屋敷と中洲《なかす》の間の分流に入った。日本橋川への手近な水路だった。

永久橋を潜り箱崎町と蠣殻《かきがら》町の間を進むと崩橋があって、日本橋川へと合流する。

猪牙舟は当然のように日本橋川の右岸へと漕ぎ寄り、江戸橋へと向かった。すると後ろからもう一艘《そう》猪牙舟が一気に間合を詰めてきた。

「おさい、あやつとは手を切ったか」

不意に朝次が言った。

「あやつってだれさ」

「おれが知らないとでも思っていたか。照降《てりふり》町の下駄職人をさ、時折長屋に咥え込んでいたじゃないか」

「あら、義《よし》さんのことを承知なの。ふーん、あんな若造と手を切るも切らないもないよ。お情けで時折抱かせていただけさ」

「遊びというのか」

「決まっているじゃないか」

「可哀相にな」

と朝次がせせら笑い、猪牙舟は南茅場《かやば》町の河岸に横付けされた。

「船頭、てめえ、木更津河岸も知らねえのか。鎧《よろい》の渡しを過ぎて、江戸橋の南詰にあるのが木更津行の便船がでる河岸だ、抜け作め」

朝次が房州訛りで怒鳴った。

「いえね、おめえさん方には南茅場町が頃合いだって聞かされたもんでね」

「でくの坊、てめえ、馬鹿にしくさるか」

「いやさ、おめえさん方の向かう先は南茅場町の大番屋だそうだぜ」

船頭がのんびりとした口調で言ったところに直ぐ後ろに迫っていたもう一艘の猪牙舟が橋板に最初の舟を押し付けるように、どしんと音を立ててぶつかって止まった。

「あ、あぶないよ」

「なにしやがる！」

おさいと朝次が口々に叫んで、その猪牙舟を睨《にら》んだ。すると胴《どう》の間《ま》に宗五郎がいて、煙管で煙草を吹かしていた。船頭は金座裏の独楽《こま》鼠で、政次、八百亀、常丸が従って

いた。

「朝次、てめえ風情に金座裏の九代目と十代目の揃《そろ》い踏みだ、勿体《もったい》なくも有り難く思え」

「き、金座裏だと」

「今更《いまさら》驚くこともあるまい。いわし屋の薬をくすねるくらいで止めておきゃいいものを二百三十余両は大金だ。覚悟しねえな」

「お、おまえさん、私、嫌だよ。おまえさんが唆したんで手伝っただけだよ。私ゃ、長屋に戻るよ」

「くそっ、この女《あま》」

と叫んだ朝次が懐《ふところ》から匕首《あいくち》を抜いて、おさいに突き掛かろうとするのを船頭が、いや、彦四郎が棹を突き出し、朝次を突き転ばした。その体の上に常丸が飛びかかり、匕首を持った手を捩《ね》じり上げると手際よく捕り縄をかけた。

「船が出るぞ、木更津行の一番船が出るぞ！」

と船頭の声が風に乗って聞こえてきて、おさいが、
わあわあ
と声を上げて泣き出した。

第二話　新たな展開

一

龍閑橋際《りゅうかん》にある船宿綱定《つなさだ》には客用に大きな風呂がある。町内の銭湯の湯船とはいかないが、客が二人や三人入れるくらいの大きさがあった。

夏の昼前のことだ、客は少ない刻限だ。

この日、風呂に三人の若者が入っていた。客ではない、船頭の彦四郎《ひこしろう》に政次《せいじ》、それに亮吉《りょうきち》だ。

大番屋に朝次《あさじ》とおさいを突き出した。

だが、寺坂毅一郎《てらさかきいちろう》と吟味方《ぎんみかた》同心を大番屋に呼んでの調べには時間がかかるというので、宗五郎《そうごろう》や八百亀《やおかめ》らは政次に任せて金座裏《きんざうら》に先に戻った。残った政次が大番屋のお取り調べに立ち会い、いわし屋から番頭が来て事情を説明したりして、およその経緯は分かった。

薬、金子《きんす》と盗みの額は大きいが単純な事件だ。またいわし屋の帳場の銭箱からおさいが盗み出した二百三十五両はほぼそっくり朝次の薬箱にあった。ほぼというのは出合い茶屋の泊まり料をこの金子から支払ったからだ。

いわし屋の番頭葉蔵《ようぞう》は朝次とおさいを睨《にら》み付け、

「飼犬に手を噛《か》まれたとはこのことです、と旦那様の言葉です。二人して罪は体で償いなされ」

と言い放ち、顔見知りの寺坂毅一郎に頭を下げて、

「いくら縁戚とはいえ信頼を裏切ったこたびの一件に同情は一切しないそうです、奉行所のきびしいお沙汰《さた》を願います」

と言い足したものだ。

朝次もおさいも大番屋の仮牢に入れられ、真っ青な顔をしてぶるぶる震えて、葉蔵の顔を見られない。

「分かった。二人が盗んだ金子は後日北町奉行所にて戻す、預り書を書くので待て」

と寺坂が言い、番頭にその場で認《したた》めた預り書を渡した。

「迅速なお計らい、有り難うございます。寺坂様、政次さん、後日お礼に伺います」

と番頭が大番屋からさっさと店へ戻っていった。

寺坂が政次を見た。

「小悪党の二人のために九代目と十代目を夜明かしさせてしまったな。あとはわれらで始末をつける。若親分、金座裏に戻って少し休みな」

と言葉を頂戴《ちょうだい》した政次は、寺坂の気持ちを素直に受けて大番屋を出た。

四つ半（午前十一時頃）過ぎか、陽《ひ》は中天にあった。

「若親分」

と水辺から声がかかった。

宗五郎らを送っていって綱定に戻ったはずの彦四郎と亮吉が猪牙舟《ちょきぶね》で待っていた。

「親分たちと一緒に戻らなかったのか」

「親分たちは金座裏に届けて戻ってきたのさ」

亮吉が言い、政次が猪牙舟に乗って日本橋川を日本橋から一石橋《いちこく》へと向かった。

じりじりと照りつける強い陽射《ひざ》しは、この夏一番の暑さになりそうなことを示していた。日本橋川の水もうだると思える陽射しだった。

「一晩徹夜したらさ、体がべたべたするぜ」

亮吉が言い、両眼を細めて空を見上げた。

「若親分、綱定に寄っていかないか」

と彦四郎が誘った。

「なにか用事があるのかい、彦四郎」

「この暑さだ。湯殿《ゆどの》で水を浴びてさっぱりして金座裏に戻らないか」

「悪くない話ですね」

大番屋で調べに立ち会っていただけで汗が首筋を伝い流れてきた。

彦四郎が船宿綱定の船着き場に猪牙舟を寄せると、女将《おかみ》のおふじが、

「ご苦労さん」

と迎えてくれた。

綱定には子供のときからなにかと出入りしていた三人だ。

「女将さん、湯殿を使っていいかね、汗を流したいんだ」

「最前客が立てさせた湯がそのままだよ、湯に浸《つ》かっておいでよ。着替えはなんとかするよ」

おふじに言われて、

「おふじさん、お世話になります」

と政次がおふじに頭を丁寧に下げて、三人は綱定の昼風呂に身を浸《ひた》したところだ。

「水風呂よりもやっぱり湯のほうが気持ちはいいな、眠気も疲れも一気に吹っ飛ぶ

よ」

亮吉が言い、両手で湯を掬《すく》って顔を洗った。そして、

「こうしていると昔を思い出さないか。彦四郎が綱定に務め始める何年も前のことよ。今頃の季節かね、前の龍閑川でよ、水遊びをしていたらさ、いきなり雷がなってよ、ざっと夕立が降ってきやがった。おれたち、着ているものまでずぶ濡《ぬ》れだ。すると見るに見かねた親方がよ、てめえら、野良犬みてえにびしょ濡れだな。ちょうど湯を落とそうとしていたところだ、うちの湯で体を温めろ。なんぞ着替えは用意するといわれて、三人して湯に入らせてもらったことがあったことをよ」

「あったあった。着替えに浴衣《ゆかた》を着せてもらってよ、亮吉なんぞちびだから浴衣のすそを絡《から》げても絡げても、すぐにだらしなく垂れてきてよ、裾《すそ》を引きずって歩いていたぜ」

彦四郎が応じた。

政次は昼風呂に入りながら、彦四郎が政次と亮吉を綱定の湯に誘ったのにはなにか理由があるのではないかと考えていた。

さっぱりとして脱衣場に上がると、真新しい下帯《したおび》から綱定の名入りの浴衣が用意してあった。その上、朝餉《あさげ》を抜いた三人に膳が仕度してあった。

「女将さん、すまねえ」

亮吉が礼を述べた。

「うちは客商売ですよ。湯を立てるのも膳を用意するのもお手の物です」

おふじが笑った。

庭が見える座敷は風が通るように開け放たれていた。

「おっ、いわし屋の騒ぎの一件落着でよ、いわしの塩焼きに納豆に冷奴《ひややつこ》か、悪くねえな」

「酒をつけますか、若親分」

「真っ昼間ですよ、ご飯を頂戴します」

「しほさんの具合はどうですね」

「大きな腹を抱えて頑張ってます。産婆さんはいつ陣痛が来てもおかしくないと言ってますがね」

「初めての子どもが生まれるというのはどんな気分です」

大五郎《だいごろう》とおふじの間には子供がなかった。

「なんとも不思議な気持ちでどうにも落ち着きません」

「ふっふっふ。三人のうちで政次さんのところに最初の子が生まれるなんてね、考え

もしなかったわ」

「女将さん、政次のところは二人目」

大きな飯茶碗で飯を掻《か》きこみながら彦四郎が言った。

「彦四郎、おまえのところは連れ子だろうが」

「亮吉、連れ子だろうがなんだろうがおれの子どもだ。おかなはおれたち三人の中で最初の子どもだ」

「おまえがそう言うんなら、おかなちゃんが最初の子どもと認めてもいいがよ、まだ祝言《しゅうげん》も挙げてないじゃないか」

とさらに亮吉が言った。

「おりゃ、祝言なんてどうでもいいし、明日にもおかなを連れてお駒《こま》さんがうちに来てもいいよ」

「だめだよ、祝言は挙げなきゃあ。なにか祝言をやりたくない事情でもあるのかえ」

おふじが普段聞けないことを尋ねた。三人が顔を揃《そろ》えているからこそできることだった。それが伝法《でんぽう》な言葉遣いに表われていた。

「お駒さんの家でさ、離縁になってそう間もないのにまた祝言なんて、やっていいものかと案じているんだよ」

「なんだ、そんなことか。おふじさんとこじゃ、彦四郎とお駒さん親子を裏の家作に住まわせるつもりなんだろ」

と亮吉。

「今、造作が入っているよ」

彦四郎が答えた。

「彦四郎、それで私たちを綱定さんに呼んだのでしょうが」

「政次、そういうことだ」

彦四郎が頷《うなず》き、二杯目の飯をお櫃《ひつ》から装《よそ》い始めた。

政次、亮吉も若親分と手先の関係を忘れて、むじな長屋で育った兄弟同様の時代に戻って呼び捨てだ。

「うちじゃね、ここんところ家作の手入れをしていなかったからね、差配がいなくなったのを機会に手入れをしてさ、彦四郎が所帯を持つというし、お駒さんに差配をさせないか、ならば店賃《たなちん》はなしでもいいよと持ちかけたのさ。そしたら、お駒さんも長屋でじっとしているより、体を動かしているほうがいいと言うし、長屋の差配ばかりか綱定の下働きでもなんでもやりますってからね、ならばてんで、棟割《むねわ》りの壁を抜いて二つを一つにしているところですよ」

「たしかこちらの長屋は棟割り長屋二棟でしたね」

「政次、二棟十二軒がさ、おれたちのために一つを潰《つぶ》したからよ、十一軒になったってわけだ。根太《ねだ》なんぞも傷《いた》んだところは替えているからさ、あと数日かかるそうだ」

彦四郎が答えた。

「ちょっと待った。するてえと、数日後には彦四郎、お駒さんがおかなを連れて裏に嫁入りにくるのか」

「うーん、そこんところがまだなんとも決まりがついてねえんだ。最前もいうように相手は、離縁したばかりでまた嫁入りというのを気にしているからな」

「彦四郎、お駒さんの家では他になにか理由があるのか」

「ないと思うがね」

彦四郎も自分のこととなると頼りがない。

「お駒さんの家に仲人《なこうど》を立てて申し込んだというわけではないんだね」

「政次、おれと出戻りのお駒さんが所帯を持つんだぜ、そんな大仰《おおぎょう》なことをしなきゃあならねえか」

「考え違いだ」

と喚《わめ》いたのは亮吉だ。

「おめえがどんな考えをしようといいがよ、出戻りで二度目の嫁入りとはいえ、相手はよ、ちゃんと仲人を立ててよ、申し込んでくるのを待っているんじゃないか」

「そうかね」

「そうに決まっていらあな。それがよ、お駒さんの口を通して、綱定じゃあ長屋を造作して三人の住まいを造っているなんて話が親に伝わってよ、いささか筋が違うってんで機嫌を損ねているんじゃないか」

「えっ、そんなことありか」

　彦四郎がいささか慌てた。

「亮吉が言うことも一理あるよ。これはね、大五郎親方に願って、親方がお駒さんの家に挨拶《あいさつ》に行くのがいいような気がするよ」

「若親分、うちもうっかりとしていたよ。親方が戻ってきたら、今日にも彦四郎の親《お》父《じ》方と相談してさ、急ぎ先方に挨拶に出向くよ。だけど、うちでいいのかね」

「それは綱定の親方と女将さん以外、この縁を固めるのは他にございませんよ」

「えれえことになったな。おりゃ、お駒さんとおかなちゃんを迎えに行ってよ、この界隈を挨拶回りすればそれで済むかと思っていたんだ」

「彦四郎、世間を知らないにもほどがあるぞ」

亮吉に言われて、彦四郎がしゅんとなった。ともかく大五郎親方が戻ったら、話を進めるということでその場は終わった。

彦四郎に案内されて綱定の家作の手入れを見に行った。棟割り長屋二棟の修繕だ。大工や左官が入って、なかなか大がかりだった。

「ここが二つを一つにしたところだ」

九尺二間を一つにするのだ。奥の台所と土間の板敷きを取り払い、六畳の奥座敷に改築されていた。だから、彦四郎の新居は奥座敷六畳、居間の四畳半、そして板の間に台所と倍の広さになった。

大工が床板を張り替え、左官が壁土を塗っていた。

「おめえはなりがでかいからよ、これでも狭かろうじゃないか」

「船頭風情が住む長屋だ、贅沢《ぜいたく》がいえるかえ。分相応といいたいが、勿体《もったい》ねえよ」

亮吉の言葉に彦四郎が答え、

「やっぱり考えが足りなかったかね」

と政次に尋ねた。

「こういうことは周りが動いてようやく形になるものだ、彦四郎がやきもきしてもしようがあるまい。こうなれば大五郎親方に任せることだ」

「結納《ゆいのう》はどうなるよ、祝言となるとどこでやればいい」

と亮吉がさらに先のことを案じた。

「結納も大五郎親方にお任せすればいい。祝言の場には事欠くまい。まあ、綱定の二階座敷で十分に間に合うよ」

「大袈裟《おおげさ》なことになっちまったな」

彦四郎が腕組みした。

「彦、聞いていいか」

「なんだ、亮吉」

うーむ、と唸《うな》った亮吉が黙り込んだ。

「なにが聞きたい、都合が悪いことか」

彦四郎が催促し、亮吉がちらりと政次を見た。

「亮吉、私たちは兄弟同然といいたいが、それ以上の縁に繋《つな》がれた三人だ。胸に蟠《わだかま》るもやもやがあるならば、溜《た》めこまないで直に聞くことだよ」

政次が諭《さと》すように亮吉に言った。

「分かっているんだ。兄弟以上の仲とはいえ、歩く道はそれぞれ違うってな。そして、死ぬときも別々だ」

「なにが言いたいんだ、亮吉」

彦四郎が訝《いぶか》しい顔をした。

「よし、聞くぞ」

「だから、言えと政次もおれも言っているじゃないか」

「おめえ、綱定の養子になるのか」

「は、ああ」

彦四郎が力の抜けた返答をして、

「なんだ、それ」

と問い返した。

「大五郎さんとおふじさんには子供がねえ。だから、金座裏のようにおめえを養子にとってお駒さんを迎えれば綱定も万々歳だ」

「おめえの考えか、そんな話はこれっぽっちもねえよ。だれに知恵を付けられたんだ。親方と女将さんがこんな話を聞いたら、笑い出すか怒り出すかのどちらかだぜ。亮吉、おりゃ、お駒さんとおかなと所帯をもつことを願っているだけだ。そんな話でよ、おれの願いをぶち壊さないでくれよ」

彦四郎の答えに亮吉ががくがくと頷き、

「わ、悪かった。ついそんな気になったんだ」

「この界隈で噂《うわさ》になっているのか」

「いや、そんなこっちゃねえ。おれが馬鹿だった」

亮吉が応じた。

「亮吉、彦四郎の話を聞いてさっぱりしたか。おまえが言うように、いくら仲がよい兄弟でも生まれたときは別々で死ぬときも別々だ。だからこそ、生きているうちにお互いが助け合い、笑ったり涙を流したりしながら一緒に暮らしていくんじゃないか。私たちはそんな間柄だ、だれが連れ合いにこようとこの界隈に住んで暮らしていくんだよ」

「若親分、いやさ、政次、そうだった。お菊《きく》ちゃんにも言われたんだ、嫉《ねた》み心が人の心に生じるのは致し方ないことだって、その考えと向き合えるかどうかだってね」

「亮吉、おまえにはお菊ちゃんがいる、その繋がりを大事にしなきゃあね」

「分かった、政次」

三人が裏の普請場から綱定に戻ったとき、親方の大五郎が外出から戻ってきていて、すでにおふじから話を聞いていた。

「若親分、後先の段取りを間違っちゃったよ。確かに相手がいくら出戻りで、派手にすることをためらっているとはいえ、それとけじめはべつものだ。お駒さんの家に挨拶をするのがまず手順だった」

　と言った大五郎が、

「若親分、こいつの仲人はおれたちでいいのかね」

　と念を押した。

「彦四郎、おまえはどう思うんです」

　長兄にあたる政次に改めて糺《ただ》された彦四郎が、

「親方、女将さん、お願いします」

　と頭を下げた。

「よし、こういうことは黄道吉日を選ばなきゃなるまいが、おふじから当人たちも急いでいると聞いた。善は急げだ、今日にも彦四郎の親父さんと会い、明日にも相手方に出むく」

「ならば親方、おれがその旨をお駒さんの家に知らせておこうか」

「おお、そうしてくれ」

　急に彦四郎とお駒の所帯を持つ話が動き始めた。

二

その日の夕刻のことだ。

町廻りから手先たちが戻ってきた刻限の金座裏に、唐和薬種問屋いわし屋儀右衛門《ぎえもん》が番頭を連れて訪ねてきた。

宗五郎は縁戚の薬売り朝次が引き起こした騒ぎの詫《わ》びにしてはいささか過剰なような気がした。居間に上がってもらい、宗五郎は政次と八百亀を同席させた。

「金座裏の、こたびは大変世話になりました。お礼の申しようもございません。実に早い始末の付け方で今更ながら畏《おそ》れいりました」

儀右衛門がまずかたちどおりの言葉を切り出した。

唐和薬種問屋いわし屋の五代目は、四十を超えたか超えないかと宗五郎は理解していた。大きな体で顔も歌舞伎役者のように目鼻立ちがはっきりとして、

「容子《ようす》がいい」

という表現がぴったりと当たった。

「儀右衛門さん、大して込み入った事件でもなし、一晩明かしただけのことですよ」

「いや、まさか朝次が通い女中と組んで大それたことをしようなんて夢にも考えてお

りませんでした。朝次は分家と称しておりますが、確かにうちの先祖は房州の出にございましてな、未《いま》だ木更津近郊で漁師をしておる縁戚もございます。その一軒につながりのあるのが朝次にございまして、系図をよほどしっかりと辿《たど》らねば朝次の先祖に辿りつかない程度の縁なんでございますよ」

「そうでしたか。えらい迷惑にございましたな」

宗五郎が儀右衛門に応じながら、朝次の一件の礼でもなさそうだと改めて思った。だが、さっぱり用件の見当がつかなかった。そして、儀右衛門は昨年後添《のちぞ》いをもらったのだったな、と思い出した。

男盛りだ。今から二年前に先妻が亡くなり、盛大な弔《とむら》いが行われた。この界隈でも、

「さすがにいわし屋さんは大店《おおだな》の分限者《ぶげんしゃ》だね、大身旗本から江戸の老舗《しにせ》の主《あるじ》が大勢詰めかけて香を手向《たむ》けるのに、あの広い境内《けいだい》の西福寺を一回り取り巻くほどの行列ができたよ」

と評判になった。

浅草蔵前通りの一本西側にあり、新堀川側に山門を持つ西福寺は、家康の側室良雲院の墓所がある由緒ある大寺だった。

「そりゃ、いわし屋の扱う品は一文二文の品とは違う。唐わたりの沈香《じんこう》や朝鮮大人参《にんじん》

ともなると何両もするものばかりだ、当然利も大きい」

「儀右衛門さん、寡《やもめ》を通せるかね」

「そりゃ、無理だ。亡くなった妻《さい》のいたときから艶福家《えんぷくか》だもの」

などと行列からひそひそ声の噂話が洩《も》れてきたほどだ。

政次は政次で後添いに子供が生まれたばかり、先妻の真奈子《まなこ》の子の長男卓一郎《たくいちろう》は十七、八になり、その下に十五の娘と十四歳だかの次男がいたな、と考えていた。弔いの行列の噂話どおりに一周忌が済んだ時分に柳橋の芸妓《げいぎ》乙香《おとか》を後添いにした。

「いわし屋の旦那、番頭さん、朝次がいわし屋の縁戚だってことは世間に洩れないように北町の筋にも大番屋にも釘は刺してありますぜ」

八百亀が煮え切らない体の儀右衛門と番頭に言いかけた。

「有り難いことですよ」

お座なりに応じた儀右衛門がお茶を供しに姿を見せたしほに眼を止めて、

「金座裏は孫が近々生まれるんでしたな、立派な跡継ぎが出来たと思ったら、こんどは孫だ。なによりです」

「へえ、ご町内にご心配をかけました。ようやく政次がうちに入り、半人前の御用聞きに育った」

「半人前だなんてとんでもない。今江戸で売り出しの金座裏の十代目、もう押しも押されもせぬおまえさんの後継者ですよ」

番頭の葉蔵《ようぞう》が主の脇から追従した。

「有り難いことです」

と宗五郎が礼を述べ、しほが引き下がったのをしおに、

「いわし屋さん、なんぞこたびの一件とは別に気がかりがございますので」

とこちらから尋ねた。

「は、はい。あるといえばある。だけど、朝次があんな不始末を犯してお縄になったばかり、どうしたものかと番頭と話し合《お》うたところでございますよ。あんまりうちの内情を世間にさらけ出すのもなんです。出来ることなれば穏便に済ませたい」

「儀右衛門さん、縄張り内のことを吹聴《ふいちょう》して歩くと思われるほど金座裏の評判はよくございませんかえ」

「と、とんでもない」

と葉蔵が慌てて、

「旦那様」

と胸の中の閊《つか》えを相談するように後を押した。

「そうだね」

と応じた儀右衛門の視線が八百亀に行った。

「いわし屋の旦那、わっし、座を外したほうがようございますかえ」

「そうだね、そうしてくれますか」

八百亀が立ち上がろうとして、宗五郎が手で留めた。

「儀右衛門さん、内輪《うちわ》の揉《も》め事ならばうちは扱いきれねえ、余所《よそ》で相談しなせえ」

「いえ、そうじゃないんで」

葉蔵が慌てて言った。

「御用と関わりがある話だね」

「はっ、はい」

「番頭さんがああ言ってなさる。御用に関わるというのならば、八百亀にも話を聞いてもらいてえ。うちはね、金流しの十手《じって》にかけて要らざる話は外に洩らしたことはねえのが自慢なんだ。どんな手先だろうとそのことは飲み込んでございますのさ、儀右衛門さん」

宗五郎に言われた儀右衛門の表情がきいっと険《けわ》しくなったが、さすがに堪《こら》えて、

「分かりました。宗五郎親分の言葉を信じましょう」

しほが供した茶を喫して、気持ちを落ち着けようとした。

だが、物心ついた時から真綿で包《くる》むようにして育てられてきた儀右衛門だ。その上先代が早く亡くなったこともあって、これまで周りに意見や小言を言う人がいなかった。そんなこんなで宗五郎の直言は儀右衛門に動揺というより怒りを呼んでいて、それがまだ消えてないように政次には見受けられた。

「この話、番頭の葉蔵さんも承知なんでございますか」

政次が初めて口を開いた。

「およそのところは」

「ならば親分、葉蔵さんからざっと話を聞かせてもらい、必要なれば儀右衛門の旦那に話を補ってもらうというのはいかがにございましょうか」

「ああ、それがいいかもしれないな」

政次の気持ちを察した宗五郎が応じて、

「葉蔵さん、どこからでもいいや、好きなように話しなせえ」

「はい、親分さん」

と心を鎮めた葉蔵が、

「朝次の不始末を見逃したのは、私の責任にございます。というのも、これからお話

しすることで、つい気がそちらに向けられていたものですから、心に油断が生じておったのです」

「葉蔵、それとこれとは違います」

葉蔵の前置きにきっとした顔付きの儀右衛門が嚙み付いた。

「はっ、はい。旦那様、つい迂闊《うかつ》にも勝手なことを喋《しゃべ》りました、お詫びします」

葉蔵が詫びた。儀右衛門がさらになにかを言いかけ、宗五郎の視線に気付いて言葉を飲み込んだ。

「わっしが好きなように話しなせえと番頭さんに願ったんだ。儀右衛門さん、番頭さんに好きなように話させなせえ」

と釘を刺して、話が再開された。

「春永の候でしたか、本横丁の百川《ももかわ》から使いがお店に見えて、旦那様あての文を渡されたのが始まりでございました。私が受け取り、返書は要りますかと尋ねますと、百川の名入りの法被《はっぴ》を着た男衆はただ旦那に届けて下さいと命じられたとのことで早々に百川に戻っていかれました。そこで私は旦那様にお届け申しました。半刻（約一時間）もしたころ、旦那様がお出かけになり、一刻半（約三時間）ほど後、お戻りになられました。その折はそれで終わったのでございます」

「また使いが来ましたかえ」

「十日もしたころに。そして、旦那様がお出かけになった。そんなことが二、三か月何度か繰り返されましたか。つい一月前のことです、私は旦那様の供を命じられ、百川を訪ねて、二階座敷の隣部屋に控えていなさいと命じられました……」


四半刻（約三十分）も過ぎた頃、隣座敷に新たな人の気配がして女の声が響いた。

「あら、嫌だ。酒も出てないの」

と言った女が手でも叩こうという気配を儀右衛門が制して、

「お艶《えん》、酒を飲む気になりません。うちは打ち出の小槌《こづち》じゃございません。そう再三再四、強請《ゆす》られては私も覚悟がございますよ」

と言い切った。

「あら、覚悟ってなによ。約束を反故《ほご》にしたのは儀右衛門の旦那じゃない。先妻さんがいなければこのお艶をいわし屋の内儀にするって言ったのはだれよ」

「それは遊びの場で男が口にする常套《じょうとう》の言葉です。おまえも遊里の出なれば、そんなこと百も承知のはずでしょうが」

「男の約束は約束よ」

「縁を切ったときに渡すべきものは渡しました。あれで私とおまえの関わりは終わったのです」

「たった百両ぽっち、なによ」

「十数年経《た》って昔話を持ち出されても困ります。それにこの数か月にあれこれと百二十両ほどの金子《きんす》を渡してございます」

「五両十両としみったれた渡し方でね、頂戴しましたよ。だけどさ、肝心要《かなめ》の清算が終わってませんよ」

「なんですね」

「おまえさんの長男坊の卓一郎さんよりうちの儀太郎《ぎたろう》のほうが年上、そうなりゃ、いわし屋を継ぐのはうちの儀太郎でいいんじゃない」

「馬鹿も休み休み言いなされ。突然、二十年も前、一時馴染《なじ》みだった商売女に私の子がいるなんて、言われてもだれが信じるものかね」

「おや、商売女だって抜かしたね、面白いじゃないか。出るところに出てもいいんだよ。おまえさんそっくりの顔立ちと体付きを見れば、だれだって信じますよ。第一、別れ際におまえさんが私にくれた書付をわたししゃ、後生《ごしょう》大事に持っていますのさ。おまえさんとの間に生まれた子供をいわし屋の子としてそれなりに遇するって書付さ」

「私はそんな書付を書いた覚えはございません」

「押し問答を繰り返したってしようがないね。こんどお店に連れていきますよ。そこで決着をつけてもらおうじゃないか」

「困ります」

「わたしゃ、ちっとも困らないよ。新しいおかみさんとの間にも子供が生まれたというじゃないか。先妻のと併《あわ》せて四人だ。もう一人、子どもがさ、嫡男が増えたからってどうってことはないやね。いわし屋の屋台骨は大きいんだ」

「……そんな押し問答の末に旦那様が用意していったなにがしかの金子を受け取って女は戻ったようでした。その後、私は旦那様の座敷に呼ばれました」

と葉蔵が話をいったん締め括《くく》った。

「番頭さんはお艶って女を知っておいでですか」

と政次が訊いた。

「いえ、まだ先代がお元気なころで、若旦那だった旦那様は何人もそのような女がいたと思います」

「葉蔵」

儀右衛門が吐き捨て、葉蔵が眼を伏せた。

「さて、儀右衛門さん、お艶と懇《ねんご》ろだったのはいつのことですね」

「親分、私が所帯を持つ前後のことで、一年ほど続きましたかね。品川宿《しゅく》の遊女屋でね、もうございませんが華川《はなかわ》って店の遊女を落籍させて付き合っていたんです。ですが、所帯を持つことが本決まりになり、懇ろだった女とはそれなりの金子を渡して手を切った。それがですよ、突然、二十年近くも経って姿を見せて、強請り集《たか》りですよ。腹が立ちます」

儀右衛門が怒りを込めて吐き出した。

「儀右衛門さん、別れたお艶との間に子が生まれた覚えはないんですか」

「別れた時分は懐妊なんてしていませんでした」

儀右衛門の言い方に含みがあった。

「旦那、お艶と手を切った後、会われましたね」

宗五郎の問いに儀右衛門が眼を伏せたが、きいっと険しい顔を上げ、

「所帯を持った直後に出先に待ち伏せされて、つい一、二度」

「その折、子が生まれる話がございましたかえ」

「ありました」

葉蔵が悲鳴を上げた。

「その後、お艶と会いましたかえ」

「いえ、それっきりです。そして突然、今年の春先に百川にいきなり呼び出されたんですよ」

「お艶は本名ですかね」

「と聞いております」

「在所はどこで」

「青山原宿村梅窓院近くと聞いておりました。ですが、品川の遊女屋に出て以来、戻ってはおりますまい」

「この二十年近く、どこでどうしていたんでございましょうな」

「所帯を持って上方《かみがた》辺りで暮らしていた様子です」

「お艶の子と会《お》うたことはございませんな」

「ありません」

と答えた儀右衛門が、

「お艶を引っ括って、島流しかなにかにして下さい」

「島流しね、なんの罪咎《つみとが》でございましょうな」

「金座裏の、しっかりして下さいよ。私はお艶に強請りとられておるんですよ」

「なぜ最初の折にうちに相談に来られませんでした。繰り返し金を強請られるような真似《まね》はさせませんでしたよ」

「金座裏の、表に出たらみっともないじゃないか」

「みっともないね。確かに昔の縁を脅しの材料に金品を強要するとなると脅迫だ。ただし、お艶をお縄にして大番屋に連れ込み、下調べしたあと、お白洲《しらす》で裁きとなると、どこからともなく世間に洩れて、読売《よみうり》が面白おかしく書き立てましょうな」

「こ、困ります。金座裏の、そんなことをさせないためにおまえさん方が居るんでしょうが」

「いささか旦那の了見はわっしらと違いますがね。さあて、どうしたものか」

　宗五郎が政次を見た。

「儀右衛門様との子をお艶が生んだかどうか、もし生んだならば、どこでどうしているのか。そこいら辺りからはっきりとさせないと、この話、先々でまた繰り返されることになりましょう」

「政次、そういうことだ」

「おまえさん方はだれの味方ですか。お艶の子どもがだれの子なんて分かったもんじ

ゃありませんよ。ともかくお艶の口を封じて下さいな」

　儀右衛門が言い切り、

「私はすべて金座裏に話しましたし、十分に恥を晒《さら》しました。私は帰ります」

　と立ち上がり、番頭の葉蔵を残してさっさと玄関に向かった。

「親分さん、政次さん、八百亀、すまない。旦那は世間が自分の意のままになると思って大きくなられた方です。だれの意見も聞こうとなさらないんでね」

「番頭さんもご苦労だね」

　八百亀が同情した。

「番頭さん、おまえさんがこの話に触れる前に前置きしたように朝次らはそんなことを見切って、こちらの帳場から二百三十五両に手を付けたと思うね」

「親分さん、すいません。なんとかご内聞にお艶の一件納めることはできませんでしょうか」

「まずお艶を捜すことになる。おまえさん、どこに住んでいるか知るまいね」

「わたしゃ、お艶なる人間の声を襖越《ふすまご》しに聞いただけですよ、知るわけもない」

「工夫してみよう」

　という宗五郎の言葉にほっと安堵《あんど》した風の葉蔵が金座裏の居間から出ていった。

「百川を訪ねてみます」

と政次が言い、

「まさか朝次とお艶は繋がりがございますまいな」

と宗五郎に問うた。

「おれも考えた。どちらも雑な頭の仕事だ。一応、寺坂様に申し上げてその辺を朝次に突いてもらえ」

宗五郎の命《めい》を受けた政次は八百亀だけを連れて、料理茶屋百川に出かけることにした。

三

百川は日本橋の魚河岸近くにある料理茶屋だ。魚河岸が近いだけに魚が新鮮で食通の魚河岸の連中が出入りするので、当然料理人もそれなりの腕がなければ客の注文に応《こた》えられない。味よし、値段よしで山谷《さんや》の八百善《やおぜん》と並び称される料理茶屋として評判が定着しつつあった。

八百善は一杯の茶漬けに何両もの値をつけ、

「茶漬けが一両も二両もするって、法外な値段ではございませんか」

と戸惑う客に

「米はどこどこの産、水は玉川上水までに汲《く》みに行かせて茶漬けを拵《こしら》えております」

と応じて、また強気の態度がいいと、客が押しかける料理茶屋になった。

一方、百川の値はまっとうで、料理も手を抜かないものだった。だから八百善派と百川派の客は絶対に交わることはなかった。

柳橋の芸者小夏《こなつ》が百川の座敷で行われた宝引《ほうび》き騒ぎに紛れて、盆《ぼん》の窪《くぼ》をひと突きされて殺された事件を政次らが探索にあたり、下手人を見事突き止めていた。ために料理茶屋百川と金座裏とは事件以前よりお互いを信頼していた。

政次と八百亀がご免なさいよ、と百川の玄関口に立つと番頭の茂蔵《しげぞう》が直ぐに顔を見せて、

「おや、金座裏の若親分に八百亀の兄さんですか。二人の様子ではどなたかの座敷に呼ばれたというわけでもなさそうな」

と訪《おとな》いの理由を早速聞いた。

「茂蔵さん、ちょいと知恵を貸してほしいことができてね、若親分とお邪魔したんだ」

と八百亀が答えると、茂蔵は二人を直ぐに帳場に通した。

「ここならば客のことを気にすることはないからね」

「百兵衛《ひゃくべえ》旦那も女将さんもお留守ですかえ」

「お二人して座敷に呼ばれておりましてね、私じゃ役に立ちませんかね」

「とんでもねえ」

と答えた八百亀が事情を告げようとすると茂蔵が言ったものだ。

「小夏ちゃんがあの世に行って半年が過ぎた。なんだかあっと言う間でございましたよ」

「わずか半年前の正月だったな。若い身空で人が亡くなるってのはなんとも無常なことだ。おりゃ、未だ小夏の驚きの顔が瞼《まぶた》に残っているよ」

という八百亀に頷き返し、政次が、

「小夏ちゃんの妹のお冬《ふゆ》ちゃんは頑張ってますか」

「小夏があんな風な最期を遂げたというんでね、客が供養だとお冬を座敷に呼んでくれましてね、お冬も必死で姉の代わりを務めてますんで、置屋《おきや》の椿屋《ちんや》の女将もほっと安心していますよ」

と一頻《ひとしき》り小夏の事件が三人の間で話題になった。

「ところで本日はなんですね」

「茂蔵さん、こんどの一件はいわし屋の旦那儀右衛門さんの客のことだ」

「ああ、あのお方ね。うちの客筋とも違いますし、いわし屋の旦那も厄介事に巻き込まれなすったかね、と私どもも考えておりましたよ」

茂蔵が応えたところに女将のお華《はな》が帳場に戻ってきて、

「おや、金座裏の」

また改めて時候の挨拶やら小夏殺しの話がぶり返され、政次と八百亀が訪問した理由に戻った。

「お艶のことでなんぞ知ることがあったら、なんでもようございます、お教え願えませんか」

「若親分、やっぱり厄介事でしたか。儀右衛門さんが呼び出されてうちに来るときの顔ったら不機嫌極まりないですからね」

「儀右衛門さんが若い頃、馴染みだった女だそうだ。それが十七、八年ぶりに儀右衛門さんをこちらに呼び出した」

と八百亀が話を進め、

「昔のことをタネに強請り集りかねね」

と茂蔵が応じた。

「まあ、そんなところだ」

百川の女将が頷くと話し出した。

「お艶さんといわれますか。あの人ね、うちに何度か上がりましたが、最初は随分と着古した綿入れでしたよ。それが段々と派手になってきたので、いわし屋の旦那の金で誂《あつら》えた着物かと勝手に想像しておりましたよ。お艶さんのことね、齢《とし》は若いようでもあり、意外と齢を食っているようでもあり、見当が客商売の私にも推測が付きませんね。ここまでの暮らし向きは楽ではなかったと思いますよ」

「これまで何度お艶が百川に上がり、儀右衛門さんを呼び出しましたね」

「八百亀、半月に一度の割ってところかね、だから、十度はうちに上がっていると思いますよ。その度《たび》にいわし屋の旦那は金をせびり取られていたのかね」

「さあ、いわし屋の旦那は気難しい人だからね、正直のところをわっしらにも打ち明けないのさ。それで苦労してね、こちらにお邪魔した。儀右衛門さんとお艶はいつもどれほどの刻限飲み食いするんですね」

「いわし屋の旦那は一切飲み食いしませんのさ。儀右衛門さんはいつも四半刻もいたと思ったら、さっさとお帰りでしてね。そのあと、お艶さんが独り残って好き勝手に飲み放題、払いはいわし屋に請求してくれと言い残して立ち去ろうとしましたんでね、

うちではお客様から頂戴するのが仕来《しきた》りです、と最初の折に揉めたことがございましたな。二度目からは儀右衛門さんが飲み食い代として一分《ぶ》を帰り際に帳場に残していかれますので」

茂蔵が答えた。

百川がいくら安いといっても一分で飲み食いできるのは限られよう。儀右衛門の腹立ちが一分に込められていると政次も八百亀も考えた。

「そうだ、一度だけ儀右衛門さんが帰られた後、あの女のところに男が訪ねてきて飲み食いして行きましたな、女将さん」

「二月《ふたつき》も前のことかね、そんなことがあったね。うちじゃ正直、あの女は客にしたくない。私は男もよく見なかったよ」

女将が嫌な顔をした。

「堅気《かたぎ》じゃありませんよ。やくざってほどでもないが、懐《ふところ》に匕首《あいくち》でも呑《の》んでいる風体《ふうてい》で、殺伐とした形《なり》で荒《すさ》んだ顔の男でした。齢は三十四、五でしょうかね。上方訛りが混じります」

茂蔵が政次らに説明した。

「帰りは一緒かえ、茂蔵さん」

「駕籠を二挺《ちょう》呼んで帰ったよ」

「行き先は言ったかえ」

「駕籠《かご》清《せい》の駕籠かきが、どちらへと尋ねましたが、まずは御蔵前に出ねえって答えて、私どもに知られないように用心していましたっけ」

「駕籠清か。駕籠かきは覚えていますかえ」

「うちの出入りの正吉《しょうきち》さんと勝《かつ》さんでしたね、もう一挺はだれだったか、記憶にございません。まあ、あの話の様子だと、あの二人一緒に住んでおりましょうね」

百川の番頭茂蔵が言い切った。


駕籠清は伊勢町河岸の東端、道浄《どうじょう》橋際にあった。魚河岸が控えていることもあって江戸でも有数な老舗の駕籠屋だった。

日が落ちた夏の宵、角地の駕籠清には煌々《こうこう》とした灯《あか》りが灯《とも》っていた。だが、店の前に空の駕籠が五、六挺並んでいるところをみると、商いはさほど込んでもいないようだった。

「いらっしゃい」

と暖簾を分けた二人に声がかかり、

「なんだ、金座裏か。客じゃねえのか」

と落胆したのは勝さんこと勝三郎《かつさぶろう》だ。その傍らには相棒の正吉もいた。

「ちょいと勝さんと正吉さんに知恵を借りにきた」

「八百亀、知恵だとか言ってお縄にしようなんて話じゃねえよな」

「お縄になりそうな覚えがあるのか」

「ここんとこ、小博奕《ばくち》もしてねえし、飲み屋に滞《とどこお》ったツケもねえ」

「そんなことでお縄になったんじゃ、金座裏に蔵が建つぜ」

「なに、一人捕まえると奉行所からご褒美の金が出るのか」

「正吉さんよ、奉行所は昔から渋いところだ、年季払いでよ、雀《すずめ》の涙だ。蔵が建つといったのは言葉の綾だ」

「なんだ、言葉の綾って、嘘ってことか」

「嘘じゃねえが、そっちはどうでもいいや。だが、言いかけたことだ、最後まで話そうか。うちは金流しの大看板があるからいいけどよ、正直な御用聞きほど内情は苦しいのさ。だから、女房に湯屋やら食いもの屋をやらしているんだよ」

「そうか、御用聞きも懐は寂しいか。で、おれたちはどんな知恵を今売り出しの若親分にどうお貸しすればいいんだ」

「二月ほど前、百川に呼ばれて男女二人を乗せたことを覚えてないかえ」

「そんなこと始終だからな、どの口だえ」

「女は四十前後、男はやくざ風のなりで荒んだ面《つら》だ」

「分かった」

と勝三郎が言った。

「最初、御蔵前に出ろっていってよ、通りに出たところで下谷広小路《したやひろこうじ》に行けって命じてよ、おれたちとそこの猪之《いの》さんとこと二挺で下谷広小路に向かったんだよ。そんで、黒門《くろもん》町のところで下りてさ、男が三十文ばかり小銭を出してよ、おめえらで分けろって言いやがった。これじゃ酒手《さかて》にもならないぜ、と文句を言ったらよ、えらい剣幕で懐に手を突っ込んで、こいつにものを言わせようかと匕首ちらつかせながら居直りやがったのさ。業腹《ごうはら》だけどよ、怪我《けが》をしても仕方がねえや、貧乏くじを引いたと四人して戻ってきたんだよ」

「そりゃ、災難だったな。そいつら、黒門町界隈に住んでいる様子かえ」

「違うな」

猪之さんと呼ばれた仲間が言った。

「あの女、ここ、どこって駕籠を下りたとき、不思議そうな口調で洩《も》らしやがったも

「男がお艶、なんのために駕籠に乗ったんだ、と怒りだしたな。あいつら、塒《ねぐら》を知られたくなくてよ、おれたちに下谷広小路まで運ばせたんだ。間違いなくあの近辺で別の駕籠に乗り換えたはずだ」

猪之の観察は的確と思えた。

「となると下谷広小路に出向いて、おめえさん方の仲間を探すしかないか」

と八百亀が呟《つぶや》いた。

「あいつら、なにをやったんだ」

正吉が八百亀に聞いた。

政次は八百亀に任せて、話を黙って聞いていた。

「強請り集りで世間を渡ってやがる連中よ」

「待ってくんな。おれがさ、強請られている相手ってのを当ててみようか」

「おや、正吉さん、占いをやるかえ。それとも昔はおれたちの仲間なんてことはないよな」

「御用聞きの手先にはなったことがねえ。おれな、昨日あの女を見かけたんだ」

「おや、正吉、おれになにも言わなかったぞ」

「おれだって、見かけたことを今の今まで忘れていたくらいだ。八百亀の兄さんの言葉でよ、ああって思い出したんだ」

「どこで見かけたよ」

「おれがさ、腹痛起こしたことがあったろう。そんで本町の薬屋に腹痛の薬を買いに行ったときよ、あの女がさ、老舗の薬種問屋の裏口でよ、男と立ち話していたんだよ」

「えっ、あいつ、この界隈の薬種問屋の女衆か」

「勝さん、違うと思うよ。相手の男がさ、薬売りなんだよ。なんたっけな、魚屋のような名前の薬種問屋だ」

「唐和薬種問屋いわし屋」

「八百亀、それだ」

「お艶に間違いないな」

「間違いねえ、忘れるもんか。あんなげすったい女、どうして百川が客にしているんだ」

「百川も困っていなさるのさ。ところでよく正吉さん、男が薬売りと分かったな」

「あいつさ、房州《ぼうしゅう》と仲間内で呼ばれてよ、江戸に出てきたとき、女連れで小博奕なん

ぞをするんだよ。だから、おれも知ってるんだ」

「朝次って名前が本名だ」

「間違いない。女が朝さんと呼んでいたもの」

「ということはよ、あの女、おれたちを脅した男と薬売りの房州と二股《ふたまた》かけてやがるのか」

「勝兄い、違うよ。房州が賭場《とば》に連れてきた女は別ものだ。あの女と房州は何事か、話し合ってさっと別れたんだよ。いわし屋の裏木戸でさ」

「正吉さん、助かったぜ」

「八百亀、あいつら、金座裏に告げ口したってんでおれたちによ、なにか仕返しなんてしねえよな」

「正吉さん、安心しなせえ。房州こと朝次と賭場に連れてきた女は、すでに別件でお縄になってるよ」

「えっ、早手回しだな。まず世間に出てくることはねえよ」

「いわし屋って、悪い奴らが集まっているのか」

「どうもそうらしいな」

八百亀と政次は礼を述べると、駕籠清を出て、入堀の河岸道を中之橋、荒布《あらめ》橋と過ぎて日本橋川に架かる江戸橋を渡った。

川面《かわも》には夕涼みの船が提灯《ちょうちん》をつけて往来し、水がきらきらと輝いていた。

政次と八百亀は八丁堀の寺坂毅一郎を訪ねようとしていた。

「八百亀、朝次とおさいは未だ大番屋にいましょうな」

「今朝のことです。牢屋敷に送り込まれたということはございますまい。様子を見ていきますか」

「寺坂様にお手を煩《わずら》わせるのはそのあとでいいでしょう」

と橋を渡りながら政次と八百亀は話を済ませた。

江戸橋広小路を横切ると楓《もみじ》川沿いに海賊橋を越えて、南茅場町の大番屋を訪ねた。

すると、大番屋に夕涼みの船から酔っ払って落ちた客が水死体で見つかったとか、ちょうど運び込まれたばかりで大騒ぎになっていた。

「おや、若親分」

声をかけてきたのは北町奉行所定廻《じょうまわ》り同心寺坂毅一郎だ。

「寺坂様、ちょうどようございました」

「御用の筋か、ならばこっちに来ねえ」

三人は大番屋の隅に移動した。そのお蔭で水死体の騒ぎから幾分静かになった。

政次がいわし屋の儀右衛門が金座裏に訪ねてきた経緯からその後の展開までを話し

た。

「ふうん、朝次と儀右衛門の昔の女が知り合いかえ。こりゃ、物事はどうやら朝次が一枚も二枚も嚙んで、いわし屋を絞りとろうとした魂胆だな。ひょっとしたら、朝次め、お艶の隠れ処《が》を承知しているかもしれねえな」

寺坂が腰から一本差しの刀を抜くと大番屋の板張りの奥に設けられた仮牢に政次と八百亀を連れていった。

朝次は独り仮牢の中でしょんぼりしていた。おさいは女牢に入れられ、男牢からは見えないように板壁で仕切られている。

「朝次、てめえ、吟味方を舐《な》めてねえか」

寺坂が伝法な口調で話しかけると、怯えた顔ながら、

「どうせ獄門台に首を曝《さら》すんだ、洗いざらい話しましたよ、旦那」

と言いながら政次と八百亀をちらりちらりと見た。

「たしかにおめえらがいわし屋から盗んだ金は二百両を越えている。十両盗めば死罪でおかしくねえや。だがな、お上にも慈悲もあれば事情もある」

「わっしらは娑婆《しゃば》に出られるので」

「馬鹿野郎、それほど甘くねえや。死罪から島流しで生きていける道もないわけじゃ

ねえ、と言っているんだよ」

「どうすればいいんで」

「おまえが喋ってねえことを話せ」

「洩らさず話しましたよ」

「二度とは問わねえ」

寺坂が突っ放した。

「おい、房州、寺坂の旦那はお艶のことを話せと言っておられるんだよ。すべてネタが上がっての最後の問いだ。おめえの胴から首が斬《き》り離されるかどうかの瀬戸際だ。きりきりと覚悟してしゃべりねえ」

八百亀が朝次を攻め立てた。しばらく沈黙していた朝次が、

「島流しにしてくれますか」

「おめえの話次第でなんとかしようか」

唯一朝次が助かる途《みち》があるとすると、おさいに盗ませた二百三十五両の金子のほとんどを使っていない、いずれいわし屋に戻されるという一条だった。その上に儀右衛門から嘆願書が出されれば、死罪から島流しになる可能性は十分にあると、この場の三人は見ていた。

「分かりました」

　と朝次が喋り出した。

四

　政次と八百亀は腹を減らして芝源助《げんすけ》町の西側日蔭町通りの日比谷稲荷《いなり》近くに、お艶と情夫の権三郎《ごんざぶろう》の住まいを捜して歩いていた。

　朝次の証言によれば、お艶は日比谷稲荷社の裏手の、油屋の家作に住んでいるという。だが、油屋の家作はなかなか見つからなかった。それに夏の夜も更けて、日蔭町通りの西側は武家地、人影も絶えて話を聞ける人もいなかった。

「朝次め、いい加減なことを抜かしたかねえ。お艶はあいつにまともなことを話してないんじゃありませんかえ」

　八百亀がぼやいた。

「いえ、八百亀の兄さん、朝次はもはや寺坂様のお情けに縋《すが》るしか命が助かる道はないんです。この期におよんで虚言を弄《ろう》したとも思えませんがね。ただ、兄さんがいうようにお艶は朝次に心を許してなかったと思いますよ。だから、ほんとうのことを小出しにして、お茶を濁していたんじゃないでしょうか」

「たしかに房州と呼ばれる在所回りの薬売りが日蔭町通りなんて、芝界隈の町名を知っているとは思えねえ。お艶が喋ったから耳に残っていたんだろうし、お艶が嘘を言ってなきゃあ、この辺のはずなんだがな」

八百亀が首を捻《ひね》った。

朝次はお艶との関わりはさほど深くはなかった。

情夫の権三郎が賭場で薬売りの朝次に駒札《こまふだ》を貸したのが縁で、朝次はいわし屋に出入りの薬売りと答えたそうな。権三郎が二度三度と朝次と会う機会を作り、そのたびに小銭を与えては酒を飲ませ、

「朝次の父っつあんよ、いわし屋と縁戚というが、おまえは縁戚並みの扱いを受けているのか」

「縁戚並みの扱いって、なんだい、権三郎さん」

「いわし屋は並みの唐和薬種問屋じゃないんだよ。江戸でも一、二を争う薬種問屋だ。蔵の中にはざっくざっく小判を詰めた千両箱が積まれているんじゃないのかえ」

「代々の分限者だからな。千両箱の三つや四つあろうじゃないか。だがよ、おれには関わりがないこった」

「そうかねえ、おめえが店の内蔵に入らなくてもよ、お店には高直《こうじき》な唐渡りの薬があ

ろうってもんじゃないか。少しちょろまかしてきねえな」

「おれがちょろまかすって、権三郎さん、おめえも簡単に言ってくれるじゃねえか。店に出入りの薬売りでお店の奥まで入れるのはおれだけなんだ。直《す》ぐに疑われるよ」

「いわし屋の蔵にはよ、おまえさんが考える以上の千両箱がさ、積んである。親戚のおめえがちったあ、いい想《おも》いをしても損はあるめえ」

「後ろに手が回る様なことはな」

　と朝次が尻込《しりご》みした。そして、権三郎がなにか魂胆あって近付いてきたかと、警戒の念を抱いた。そのことが顔に出たんだろう。権三郎の表情が険しく変わり、きいっと朝次を見据えた。

「朝次の父っつあん、おれがおめえに都合した駒札はだいぶ溜まっているんだがね。ここいら辺りで都合つけてくれねえか」

「えっ、ありゃ、おれにくれたんじゃねえか」

「父っつあん、賭場で駒札の貸し借りは返してくれる当てがあると思うからの仕来りだ。ただで都合しただと、冗談はよしてくんな」

「い、いくらになった」

「十両は越えたな。おめえがそんな了見ならよ、即刻きっちりと都合してくれねえ

か」

朝次は権三郎に嵌《は》められたことを悟った。

「おめえはおれがいわし屋の親類って知って近付いてきたのか」

「当たり前だ。おめえが通いの女衆おさいといい仲でよ、二人で会う場所の銭にも苦労していることも百も承知だ。ちょいといわし屋の薬種をちょろまかせばよ、おさいを住まわせる小体《こてい》な家を借りることもできようじゃないか」

権三郎が懐に片手を突っ込んで朝次を睨んだ。

朝次は権三郎が匕首の遣《つか》い手という噂を賭場で聞かされていた。

「少しずつ小分けに盗めばわからないかな」

と思わず朝次は呟いていた。

権三郎が睨んだように小博奕とおさいとの遊び代で朝次は、金の工面が行き詰まっていた。

「ああ、そうだよ」

「権三郎さんに返す十両分か」

と朝次は朝鮮人参などどれほど店裏の棚から誤魔化《ごまか》せばいいか、考えた。

「おめえがそこまでやってくれるというならばさ、おれの借財を返すのはあとでいい

ぜ」

朝次は権三郎に唆《そそのか》されていわし屋の薬種をくすね、木更津に戻って薬屋や医者に江戸で求めるより安い値段で売りさばくようになった。木更津界隈の医者や薬屋は値が安く、上物というので朝次の運んでくる品を喜んで買ってくれた。

そんなことが二度三度と重なったが、いわし屋の番頭らはなにか他に懸念《けねん》があるのか朝次の盗みに気がつかなかった。

朝次は権三郎の言葉を信じて、賭場で借りた金子を返済するのを後回しにした。そして、出来るだけ権三郎と会わないように賭場にも出入りせず、出合いの場所も柳橋に変えて、おさいと逢瀬《おうせ》を重ねていた。

そんな朝次の前に不意にお艶が現われたのだ。朝次が十日ぶりに江戸に舞い戻り、いわし屋に向かおうとして木更津河岸で船を下りたときのことだ。

「房州の、お見限りだとうちの人が言っているんだがね」

「お、おまえさんはだれだい」

「だれだいって、権三郎の女房のお艶さ、一、二度、賭場で顔を合わせたよ。おまえさんは博奕に夢中で他のことに眼がいかないのかね」

「お艶さん、なんの用事だ」

「知れたこと、そろそろ決着をつけて欲しいとさ。賭場で貸した十両、元利が合わせて三十七両になっているんだがね」

「そ、そんな馬鹿な」

「賭場の借金は高利が決まりだ」

「お艶さん、持ち金なんてないよ」

「へっ、あのしぶい旦那のお店からちょろまかすのを気にしているのかい。懐になにが入っているのさ。どうせ盗んだ品だろ」

朝次は思わず懐を押さえた。

お艶と名乗った女が朝次に身を摺《す》り寄せ、囁《ささや》いた。

「いわし屋の蔵に唸っているじゃないか。そいつをちょろまかして支払ってもらえとうちの人が言っているんだがね。それともいわし屋におまえさんが朝鮮人参なんぞをくすねていることを告げ口しようか」

「止《や》めてくれ、儀右衛門の旦那は奉公人にも出入りの薬屋にも厳しいお方なんだよ。おれなんぞ、そんなことされたら、直ぐに奉行所に突き出されるよ」

「ほう、そうかえ。それでどうするつもりだえ」

「ど、どうしようもねえよ」

「うちの人も短気でね、匕首は伊達《だて》に懐に呑んでないよ」

「し、知っているよ。どうすればいい」

「儀右衛門の弱みをこのお艶がぎゅっと握っているのさ。だから、いわし屋の中で少しくらいのことをしでかしても、あいつは奉行所なんぞに届けるもんかね」

「お艶さん、おめえさんはどんな弱みを握っているというんだよ」

ふっふっふ、と含み笑いしたお艶が、

「わたしゃ、儀右衛門とは子をなした仲なのさ。先妻の息子の卓一郎より先にね」

「おめえさん方はなにを考えているんだよ」

「いわし屋の一切合切を頂戴しようと考えているのさ。なんたって、うちの儀太郎はいわし屋の長男坊だからね。だからさ、おめえみたいな小鼠《こねずみ》がちょろちょろしたって、だれも気がつきゃあしないのさ」

「魂消《たまげ》た」

「ともかくこっちの命じたことをやってくれればいいんだよ。ならば権三郎は賭場の貸し借りは帳消しにしてもいいといっているんだよ」

お艶が朝次を睨んだ。

その瞬間、自分が権三郎とお艶の大それた企みの駒にされていることを朝次は卒然

と悟った。

お艶の要求を聞くと素直に頷いて別れた朝次だが、権三郎とお艶の魂胆がどこにあるのか推測がつけられなかった。はっきりしていることは、なんとも危ない立場に立たされているということだ。

おさいに連絡《つなぎ》をつけると、その日のうちにいわし屋の帳場の銭箱にあった二百三十五両をおさいに盗み出すように命じて、いわし屋を抜け出すと、奉公を終えたおさいと最後の江戸の夜を楽しんで木更津に舞い戻ろうと考えた。

その矢先、金座裏の手に掛かってお縄になったのだ。先回りをしたつもりがまさかの金座裏の出現だった。


「朝次、権三郎とお艶はおめえになにを要求したんだえ」

南茅場町の大番屋仮牢で北町定廻り同心の寺坂毅一郎が糾《ただ》した。

「いわし屋の家の見取り図と蔵の鍵《かぎ》を持ち出すことですよ。見取り図はなんとか渡したけどよ、鍵は儀右衛門が常に持っているんだ。持ち出すなんて無理なことなんだ」

と朝次は言い、

「おれの知っていることは洗いざらい話したよ。旦那、島流しで許してくんな」

と額を大番屋の仮牢の床にこすりつけて願ったものだ。

「……若親分、権三郎とお艶は一体全体なにを考えているんだね。いわし屋の一切合切なんて無理な話だ」

八百亀が政次に尋ねたものだ。

お互いの胸の中にわだかまる考えだった。

「お艶が実際儀右衛門の子を産んでいれば、こんな危ない橋を渡らなくともそれなりの金子は強請りとることができましょう。事実、小出しにこれまで何度もせびってきたんですからね。ですが、子がいないとなれば別ですよ」

「いわし屋に押し入り、内蔵から金子を奪うにしちゃあ、権三郎とお艶だけではちょいと人手が足りないと思いませんかえ」

「押込み強盗をするには、朝次を半年も前から付け狙ったり、いささか迂遠な手立てですね」

政次と八百亀は何度目か日比谷稲荷の前に戻ってきていた。

すでに刻限は四つ（午後十時）に近い。すると武家地の間の稲荷小路から夜回りが提灯を灯して姿を見せた。

鳶《とび》の連中の夜回りだ。

「ご苦労さんです」

と声をかけた八百亀が、

「この界隈に油屋の家作がございませんかね」

と尋ねた。

「油って芝口橋のなたね屋か」

「なたね屋かどうか分かりませんが、日比谷稲荷近くの油屋の家作としか分からないんで」

「おや、おまえさん方、金座裏の若親分と八百亀の兄さんじゃねえか」

提灯の灯りで浮かんだ顔を見た夜回りの一人が言った。

「なんだ、み組の兄さん方か。いかにも八百亀と金座裏の若親分だぜ」

と八百亀が答えた。

「だれを捜してなさる」

「権三郎ってやくざ者とお艶って大年増《おおどしま》だ」

「そりゃ、油屋の家作じゃねえよ、米屋の持ち物だ。ほれ、その路地を入っていった奥の木戸だが、もういねえって聞いたぜ」

と一人が日蔭町通りに入口を持つ路地を差した。

「助かった」

と八百亀が礼を述べ、

「念のためだ、その長屋を訪ねてみるよ」

「木戸を入って右手の二軒目があいつらの住まいだったよ」

「有り難うございました」

と政次も言い、夜回りの連中と別れた。


米屋越後屋の家作のひかげ長屋に灯りが灯っているのは、木戸脇の一軒だけだった。

八百亀が腰高障子をこつこつと叩き、障子の向こうでぎくっとした気配があった。

それでも、だれだえ、と誰何《すいか》する男の声が戻ってきた。

「夜分すまねえ。わっしらは金座裏の宗五郎のところのもんだ。御用の筋でよんどころなく戸を叩いた。ちょいと話を聞かせてくんねえ」

「御用聞きだと、おりゃ、悪いことをした覚えはねえぞ。屋根職の音吉《おときち》といえば親方も正直者と折り紙をつけてくれるぜ」

「兄さんに用事があってのことじゃねえ。この長屋に権三郎とお艶といった二人が住

んでいると聞いてな、訪ねてきたんだ」

「なんだ、あいつらのことか」

中から安心したような声がして、心張棒《しんばり》が外され、よれよれの浴衣を着た若い男が顔を出した。

八百亀が思わず後ずさりするほど、なんともひょろりと背の高い職人だった。政次も六尺（約百八十センチ）を越える身丈だが、それより三寸（約九センチ）は高かった。それが屋根職というのだから、これ以上打って付けの仕事もないだろう。

この会話にどぶ板を挟んで前の住人が目を覚ました感じがした。

「あいつら、引っ越したぜ」

と身を屈《かが》めて長い顔が答えた。

「いつのことだね」

「十数日も前のことかね。あいつらがなにをやらかしたって聞いてもおりゃ、驚かないよ」

「音吉さん、権三郎とお艶は二人だけで住んでましたか」

政次が八百亀の傍《かたわ》らから尋ねた。

「なんたって九尺二間の長屋だ。おれ一人だって狭いくらいだもの、あいつらも二人

だけだったよ」

「だれか訪ねてくるようなことはございませんでしたか」

「おれ、職人だからな、日中は長屋にいないもの」

音吉が応えるところにがらりと、向かいの戸が開いて婆さんが姿を見せ、

「あいつらのところに訪ねてくる奴なんているもんかね。引っ越してきた当初は金に困っていたようだが近頃はえらく口も奢《おご》っていたよ。どうせ悪いことして稼いだ金だろうがね」

と音吉の代わりに応えた。

「おしか婆さんの死んだ亭主がさ、このひかげ長屋の差配みたいなことをしていたんだ」

音吉が説明した。

「二人が越してきたのはいつのことだえ、おしかさん」

八百亀が政次に代わって聞いた。

「一年も前かね。なんでも長いこと上方で遊び暮らしていたというが、信じられるもんかね」

「十七、八の連れ子がいるはずなんだがな」

「ひかげ長屋に姿を見せたことはないよ。だけど、お艶がさ、わたしゃ、世が世であれば、大店の内儀様だったのさ、と威張ったことがあってね。その相手との間に生んだ子がいるといったがさ、嘘だかほんとだか」

おしかは信じている風は全くなかった。

「権三郎とお艶がどこへ越したかご存じじゃございませんか、おしかさん」

「家を買って移るといったがさ、どこだとはいわなかったよ。どうせ、危ない橋を渡ってさ、江戸を逃げ出したんじゃないかね。それが証拠に金座裏から若親分じきじきにお出ましだ」

おしかが推測してみせた。どうやら二人が知っていることはこれですべてのような気がした。そこで政次が願った。

「音吉さん、おしかさん、どのようなことでもようございます。思い出したことがあったら、金座裏に知らせてはくれませんか。失礼ながら足代をお支払いしますからね」

「いいよ、おまえさんが松坂屋にいた時分から蔭ながら応援していたおしかだ。なんぞあれば知らせに走るよ」

夜分遅い訪いを詫びた二人は、ひかげ長屋から芝口三丁目と源助町の辻に出た。

南に向かえば品川大木戸、東海道へと続く道だ。

二人は四つ半の江戸の町を芝口橋に向かって歩き出した。

「八百亀の兄さん、お腹《なか》が空《す》いたでしょうが金座裏まで我慢して下さいな」

「長いこと三度三度のおまんまは食べてきたんだ。一度や二度抜いたからってどうってことはございませんぜ。若親分はまだ若いや、腹の皮が背中にくっついてはまってませんかえ」

「腹が空いたことより、なんとも釈然としない話ですね。なんとも居心地が悪うございます」

「お艶が儀右衛門旦那の子をなしたかどうかが鍵のようでございますね。若親分はどう思います」

「儀右衛門さんは隠しごとがありそうだし、お艶は子がいると吹聴している。ですが、今のところ、その子がどこにどうしているのか分からない」

「ということだ」

二人は黙々と芝口橋を渡り、ひたすら日本橋への夜の道を金座裏へと辿っていった。

第三話　親子の縁

一

二つの影が室町《むろまち》二丁目と三丁目の辻《つじ》を駿河《するが》町へと曲がった。

西北の角には三井越後屋の夜の帳《とばり》の中でも堂々とした店が一際《ひときわ》目立っていた。梲《うだつ》に猫が乗っかり、深夜黙々と歩く政次《せいじ》と八百亀《やおかめ》を見下ろしていた。

駿河町から本両替町へと通りの名が変わり、右手に金座の建物が聳《そび》え、その前の金座裏の格子戸から灯《あか》りが洩《も》れていた。

ふうっ
と八百亀が思わず吐息をした。

「なんだか江戸じゅうを巡り歩いた感じですぜ」

と八百亀が洩らし、政次はその言葉に頷《うなず》きながら、

（しほが産気づいたのではあるまいな）

と考えた。八百亀も同じことを考えたようで、

「産婆が呼ばれたってことはねえですよね」

二人の足の運びは自然と早くなった。

格子戸はわずかに開かれ、金座裏はまだ全員が起きている気配だ。

「しほさんとは違いますぜ、なんぞ新たな騒ぎが出来《しゅったい》したかね」

と八百亀が洩らし、格子戸を開いて玄関へと急いだ。

八百亀と政次が飛び込むように入った広土間に喚《わめ》き声が響いていた。

「金座裏の、おまえさん方は縄張り内の治安を守るのが務めですよ。それをなんですね、うちの嫡男がいなくなったというのに平然として動こうともしない。それで役目を果たしているといえるのですか。なにが金流しの十手《じって》だ。ちゃんと仕事をしてくれませんか」

喚いているのはいわし屋儀右衛門《ぎえもん》だ。

番頭の葉蔵《ようぞう》と見知らぬ男衆がおろおろとして儀右衛門を宥《なだ》めようとしていたが、儀右衛門の激高と錯乱はどうにも止まりそうになかった。

板の間で応対するのは宗五郎《そうごろう》と常丸《つねまる》らだが、余りの錯乱ぶりに手を拱《こまぬ》いているとも見えたし、落ち着いて儀右衛門の様子を窺《うかが》っているようでもあった。

「おお、政次に八百亀か、夜までご苦労だったな」

煙草盆《タバコ》を自慢の煙管《キセル》で引き寄せた宗五郎がほっとした表情を二人に向けた。

儀右衛門がきいっとした顔を帰宅した二人に向けた。

「おまえさん方、こんな夜中にどこをほっつき歩いていたんですね。ふらふらしているから、うちの卓一郎《たくいちろう》が拐《かどわか》しに遭うんですよ」

といきなり嚙《か》み付いた。

「そりゃ、大変だ。いつのこってすね」

八百亀が殊更《ことさら》ゆっくりとした口調で儀右衛門に聞いた。

「そのことはもう宗五郎親分にお話ししました」

「わっしら、たった今こうして戻ったばかりでね、事情がさっぱり分からないや。動きようもございませんよ、いわし屋の旦那」

と八百亀が応《こた》えたのに宗五郎が言い出した。

「長男の卓一郎さんは、今朝から根津《ねづ》宮永町の先妻真奈子《まなこ》さんの実家に預けられていたそうだ。あれこれとここんところ、いわし屋さんに立て続けに騒ぎが起こるからね、用心をなさったようだ。だが、わっしらに一言言ってくれれば別の知恵も貸せたんだ。まあ、それはいいや。おめえたちも承知のように、真奈子さんの実家は根津の医家宮《みや》

田宋伯《たそうはく》先生だ。その実家から夕暮れ方にふうっと姿が消えたそうだ。夕餉《ゆうげ》の膳に卓一郎さんがいないってんで、屋敷の中からあの界隈《かいわい》を捜して歩いたんだそうだ。だが、どこにもいないってんで、いわし屋に戻ったんじゃねえかと、この男衆が宮田家からいわし屋に問い合わせにきた。だが、いわし屋にも戻ってないことが分かり、大騒ぎになってさ、つい最前儀右衛門さん方がうちに飛び込んできたってわけだ」

「そうでしたかえ、そりゃ、立て続けの災難だ」

「なにが立て続けの災難ですよ。ちっとは真剣になってうちの卓一郎の行方《ゆくえ》を捜しなさいよ」

「いわし屋の旦那、ここは心を平らにしてさ、事情をしっかりと親分に話しなさるのが卓一郎さんの戻ってくる早道と思うがね。あなたもいわし屋の五代目だ、腹を据えてね、すべて包み隠さず話して下さいな」

「八百亀って言ったかね、なんだい、その偉そうな口の利きようは。私はかりにも江戸で有数の唐和薬種問屋の五代目ですよ。十手持ち風情に包み隠さず話せなんていわれる筋合いはございませんよ」

「つい口が滑っちまったところは詫《わ》びます。ほれ、このとおり」

八百亀が頭を下げた。

「汗臭い頭を下げられてもなんの足しにもなりませんよ」

と吐き捨てた儀右衛門に番頭の葉蔵が、

「旦那様、ここは金座裏のお力をお借りするのが得策ですよ」

と傍《かたわ》らから宥めた。

「番頭さん、これ以上、なにを話せというんだね。だいいち若親分と八百亀の二人してこんな夜中までどこをどう遊び歩いていたんですよ」

「儀右衛門さん、うちとも長い付き合いだ。困ったときはお互い様と助け合ってきたと思いましたがねえ、そう頭ごなしに怒鳴られちゃ動くに動けませんよ」

「困ったときに助け合ってきたですって、だったら早々になんとか手を打って下さいと申し上げているんですよ」

儀右衛門が喚き、腰をどさりと上がり框《がまち》に落とした。だが、またすぐに立ち上がり、

「宗五郎さん、煙草を吸っている場合ですか」

とわなわなと手を突き出し、叫んだ。

眼が吊り上がり、気がさらに高ぶっている。

「番頭さん、まず旦那をお店に連れ帰ってさ、気が鎮まる唐渡りの薬でも飲ませて休ませねえな。わっしらも動いていないわけじゃない。政次と八百亀が今時分戻ったの

も、旦那の昔馴染《なじ》みのお艶《えん》を追ってのことだぜ。それをなんだえ、汗臭い頭と仰《おつしや》いましたな、だれのために二人して夕飯を食わずに江戸じゅうを走り回っているんだえ」

宗五郎が静かに諭《さと》すように儀右衛門を見据えて言った。その言葉にはっ、とした儀右衛門が問い返した。

「金座裏、卓一郎が拐されたのにお艶が絡んでいるのですか」

「まだそこは分からねえ。おれたちはたった今、戻ってきたばかりだ。ここで騒いだところでちっともいいことはございませんよ。旦那の気を鎮めて、こっちが動きいいようにしてくれませんかえ」

と八百亀がうんざりとした顔で言った。

「もう一度聞きます。卓一郎の行方《ゆくがた》知れずにお艶が関わっているのですか」

宗五郎が儀右衛門を睨《にら》んで、

「おめえさん自《みずか》ら啖呵《たんか》を切りなすったようにいわし屋といえば、唐和薬種問屋の老舗《しにせ》にして大店《おおだな》だ。その五代目が慌てふためいちゃ、戻ってくる倅《せがれ》さんも戻ってこられなくなる。番頭さん、旦那をお店に連れ帰りなせえ、その上で話がわかる人間を一人、うちに寄越しねえな。帰り道が分からねえようなら、常丸、左官、おめえらがお送りしろ」

と言い切った。

さすがの儀右衛門もそれ以上のことはいえず宗五郎を睨み返すと、

「道案内など要りません」

とさっさと土間から玄関の敷居を跨《また》いで出ていった。

「宗五郎親分、旦那をお送りしたら、その足で私がこちらに戻って、必ず戻って参ります」

葉蔵が詫びるようにいうと旦那の後を追おうとした。

「番頭さん、ちょいと待ちねえな。おまえさんは宮田宋伯先生の男衆といいなさったね。この足で根津宮永町に立ち戻ってさ、屋敷の中に文《ふみ》が届いてねえかどうか、確かめてくれませんか」

と二人に宗五郎が言った。

「文とは親分、なんでございましょう」

壮年の男衆が問い返した。

「卓一郎さんの身柄を預かった、戻してほしければいくらいくら用意しろなんて脅迫状だよ」

「分かりました」

男衆に頷《うなず》き返した宗五郎が、

「葉蔵さん、いわし屋も同じだ」

「卓一郎の若旦那は金目当ての拐しに遭ったと仰るので」

「未《ま》だ絞りきれねえ。いわし屋さんではこうして次から次に新たな異変が起こるからね、つながりがあると見たほうが自然だがな。まあ、文が相手から届くようならば一歩前進、相手の魂胆を知ることができるからな」

二人が頷いて去ろうとするのに亮吉《りょうきち》と左官の広吉《こうきち》のそれぞれが御用提灯《ぢょうちん》を持って従った。

金座裏の玄関土間が急に静かになった。

「儀右衛門の旦那、入ってくるなり喚き立て、居間に招じ上げる暇もなかったぜ。まあ、あの分ならば居間に上げたところで、喚くだけでしほの胎教に差し障《さわ》りがあるだけだ」

と吐き捨て、

「おめえたち、なんぞお艶のことが分かったか」

と聞いた。

「おまえさん、儀右衛門の旦那じゃないんだからさ、政次と八百亀を居間に上げて、

おまんまを食べさせてさ、それからゆっくりと話をおしな。どうせ二人して夕餉抜きで駆け回っていたんだろうからね」

　玄関の様子を廊下から窺っていたおみつが姿を見せて言った。

「おお、そうだ。いわし屋の旦那の分からず屋病《やまい》がこっちにまで移っちまったよ。ご苦労だったな」

　と改めて言い、一同は神棚のある居間に移動した。

　政次は背の金流しの十手を抜くと、神棚の三方《さんぼう》に置き、柏手を打った。

　ぽんぽんという柏手が居間に響き、政次が振り返ったとき、盆に茶碗を載せたしほと顔を見合わせた。

「うちに灯りがついているのを見て、しほが産気づいたんじゃないかと八百亀の兄さんと勘違いしてしまったよ」

「産婆のおかつさんが夕方にも来てくれたけど、まだだそうよ」

「初産《ういざん》は遅れると言うからね」

「こっちばかりは大勢で気を揉《も》んでも仕方がないよ」

　おみつが二人の膳を運んできた。

「八百亀の兄さん、今日は兄さんにすべて任せて働かせました。私が先に親分に報告

しますから先に食べて下さいな」

と政次がしほが淹《い》れた茶を取り上げて喉《のど》を潤すと、まず金座裏から料理茶屋百川《ももかわ》に行き、お艶が儀右衛門を呼び出していた様子を告げ、お艶には懐《ふところ》に匕首《あいくち》を呑《の》んだやくざ者の権三郎《ごんざぶろう》が関わっていることを話した。

その場には宗五郎以下、住み込みの手先たちがいた。

儀右衛門は金座裏を訪ねてきて、恥になることだから、なるべく限られた人数で探索してほしいと強要した。だが、倅の卓一郎が拐されては最早《もはや》隠し立てはできないし、金座裏でも総力で探索にあたるしかない。だから、宗五郎も常丸ら手先の同席を許したのだ。

「親分、権三郎ってやくざ者ですがね、いわし屋に出入りの薬売りの朝次《あさじ》に最初から狙《ねら》いをつけて賭場《とば》で近寄り、いわし屋の内情ばかりか、お店《たな》の見取り図、蔵の鍵《かぎ》を盗ませようとしたんでございますよ」

「なに、いわし屋の薬と金子《きんす》を横領した朝次とおさいとに、お艶と権三郎が狙いをつけていたのか。そうか、この二組の男女はつるんでいやがったか」

「悪の点では権三郎とお艶のほうが朝次、おさいより一枚も二枚も上です。朝次はいつまでも権三郎のいいなりになっていると、自分たちが危ないとばかり、慌てておさ

いに帳場の銭箱から二百三十五両を盗ませ、江戸をおさらばしようとした。ですが、名残りの柳橋の一夜でドジを踏んだというわけでございますよ」

「昨日今日の悪たれなんて、そんな間抜けを仕出かすのさ。それにしても朝次め、権三郎のことをよくも黙ってやがったな」

「親分、あいつはあいつで、権三郎の手先だったと喋《しゃべ》ったら、罪がさらに重くなると思ったんじゃないかね。だが、駕籠《かご》清《せい》の正吉《しょうきち》さんが朝次とお艶が立ち話をしているのをきっちりと見ていたんだ。そのことを突き付けられて、観念したんだね。最後はよ、大番屋の仮牢の床板に額をこすりつけて、寺坂《てらさか》の旦那に死罪じゃなくて島流しにしてほしいと嘆願していたぜ」

と箸《はし》を休めた八百亀が説明した。

「そうか、いわし屋は店ごと黒い雲に覆われてやがったか。儀右衛門の旦那が招いた罪というのは酷かねえ」

宗五郎が呟き、話し手は再び政次に戻った。

「朝次がうろ覚えに記憶していた日蔭町通りの米屋の家作をなんとか探しあてたんですがね、権三郎とお艶も十日ほど前にひかげ長屋を引っ越しておりました。なんでも長屋の連中に家を買ったから引っ越すと言ったそうです」

「家を買ったから引っ越すのか、悪党の勘であぶねえと思ったから、隠れ家を移したか。行き先は分からないか」

「そこまで洩らしていませんでした」

「となれば悪党の勘で隠れ家を移したか」

「一年ほど住まいしていたひかげ長屋でお艶は、住人に世が世であれば、わたしゃ、大店の内儀様だったと吹聴《ふいちょう》していたことがあるそうです」

「若い頃、儀右衛門の旦那は、あちらこちらでそんな空手形を女たちに切りまわったじゃねえか」

「まあ、そんなとこだな。だがな、親分、儀右衛門の旦那とお艶の間にほんとうに子があったのかないのか、ひかげ長屋にもそんな倅は姿を見せたことはないそうだ」

と八百亀。

「親分、たしかに二人の間に子がいたかどうかは未だ不明です。ですが、お艶があの儀右衛門さんを百川に何度も呼び出し、旦那はその都度、百川に訪ねて行かざるをえなかった。その上、料理も食べずに度々《たびたび》金子を渡し、飲み食い料まで置いていくのはどうしてでございましょうね」

「お艶が儀右衛門の首っ玉をぐいっと抑えるなにか、つまりはもう一人倅がいるとい

うことか」

「で、なければお艶の強気がいささか分かりません」

「いわし屋の嫡男卓一郎の拐しは、権三郎とお艶の仕業かね」

「権三郎は朝次とおさいがうちの手で挙げられたのをなにかで知って、急ぎ卓一郎の拐しに切り替えたとは考えられますまいか」

「なくはあるめえ」

と答えた宗五郎が、

「いわし屋のいなくなった倅の卓一郎はどんな子だ」

「先妻の真奈子さんがよくできたお人でしたからね、卓一郎さんも二人の弟妹も礼儀正しいお子でしたよ。だがさ、なにせ親父様があれだ、自分の考えがなんでも正しいとばかり、頭ごなしに怒鳴りつけ、叱《しか》りつけるんでさ、儀右衛門さんの前では萎縮《いしゅく》してましたよ。だから、真奈子さんが亡くなられたとき、三人の子の哀しみは端《はた》で見ていられねえくらいだったね。儀右衛門さんは今日も自分が根津宮永町の真奈子さんの実家にやったというけどさ、おりゃ、卓一郎さんが本町を逃げ出して根津に行ったというのが正しいんじゃねえかと思うがね」

「卓一郎は悪仲間があって、家出したんじゃねえんだな」

「おれもいわし屋のすべてを知っているわけじゃねえが、まずそれはねえと思うよ」

八百亀が答えたところに広吉がいわし屋の葉蔵を連れて戻ってきた。

「親分、脅迫状は届いてねえそうだ」

と広吉がまず報告した。

「旦那はどうだね、葉蔵さん」

「金座裏の親分さん、旦那に悪気はないんですがね、卓一郎さんが拐されたかもしれないと知って動転なされたんですよ」

「そんなことは気にしなさんな。そうか、いわし屋になにも届いてねえか」

と応じた宗五郎が、

「おまえさん、儀右衛門さんの若い頃を知ってなさるか」

「はっ、まあ」

「お艶との付き合いってのは承知か」

葉蔵が顔を伏せた。

「葉蔵さん、倅の卓一郎さんの命が掛かっている話だぜ」

「卓一郎さんを拐したのはお艶ですか」

「そうと決まったわけじゃねえが、流れからいって大いに有り得るとおれは睨んでい

る」

しばし沈思していた葉蔵が、

「若旦那の儀右衛門様とお艶が別れるとき、私がその口利きをさせられたんでございますよ。手切れ金は百両でした」

「二人は得心ずくで別れたんだな」

「まあ、若旦那は真奈子様との祝言《しゅうげん》を控えていましたからね」

「致し方なしか。お艶とおまえさんが会ったのはその一度きりかえ」

「はい。ですが、若旦那の命《めい》で品川宿東海寺門前に産婆を訪ねて、金子を届けました」

「ほう、産婆に金子な、いくらだ」

「奉書に包まれてましたから金額までは」

「おめえさんはいわし屋の番頭だぜ。袋の上からでも一分金か小判かくらいわかろうというもんじゃないか」

「三両にございました」

「産婆の取り上げ賃にしては法外だな」

八百亀が洩らした。

「名前を憶《おぼ》えているかえ」

「おひゃくさんと言ったと思います」

「今も生きている齢《とし》だったか」

「あの当時が手代だった私と同じ齢格好と思いました」

政次は一つ手がかりが出来たと思った。そして、儀右衛門とお艶の間には子が生まれた可能性が高くなったと考えていた。

「親分」

と亮吉の声がして、玄関戸が開けられ、

「宋伯先生の門内に投げ文がございましたぜ」

と叫ぶ声が居間に届いた。

二

翌朝の金座裏はふだんより遅い朝だった。

なにしろ寝に就いたのが八つ（午前二時）の刻限だ。二刻半ほど泥のように眠った政次が目を覚ますと、隣の床にすでにしほの姿はなく、台所で女衆がいつものように働いている様子があった。

政次が慌てて起きるとしほが姿を見せ、

「政次さん、湯が沸いております。ただ今親分と八百亀さんが湯に浸《つ》かっておられます。いっしょに入って」

「しほ、亮吉たちはまだ寝ているか」

「お手先衆は町内の湯屋に朝風呂ですよ」

「私が最後でしたか。手先たちに示しがつかないね」

と応じた政次の声に疲れがあるのをしほは感じていた。

「いえ、政次さんは働き過ぎだわ。体が疲れているのよ。少しでも寝せておけってお義父《と》っつあんも、おっ義母《か》さんもそう私に命じられたのです。湯に入れば気分もしゃっきりするわ。本日もいわし屋さんの一件で大変な一日になりましょう」

政次は寝巻のままに金座裏の内風呂に行った。すると宗五郎と八百亀が湯船に浸かってなにか話していた。

「親分、八百亀の兄さん、寝坊をしてしまいました。気を抜いて申し訳ありません」

「このところ御用続きで若親分は疲れていなさるんだ。少しでも体を休めておかないと、いくら剣術の稽古《けいこ》で鍛えた若親分でも持ちませんぜ」

八百亀がのんびりとした口調で言った。たしかに九代目の宗五郎が隠居の意向を洩

らすようになって、金座裏の御用は政次の一身に伸《の》し掛かっていた。ために以前にまして御用が重なっているのはたしかだった。

「疲れているのは八百亀の兄さんもいっしょです」

「わっしは年季でね、こんな暮らしが体に染み付いてますからね。時に気分を緩めたりと、なんとなく体が得心しているんでさあ。だが、若いうちは体が疲れていることに気がつかないもんでね。弥一《やいち》なんぞは未だ二階で布団からはみ出して寝込んでいますよ」

と笑った。

八百亀の気遣いの言葉に頷いた政次はかかり湯を使い、湯船に入った。

金座裏の湯船は総檜《ひのき》の長四角で男三人がゆっくりと入ることができた。

「今も八百亀と話していたところだが、政次、八百亀、おめえたちは一人手先を連れて権三郎とお艶の行方を追え。残りの連中でいわし屋と根津宮永町の宮田宋伯先生のところを密《ひそ》かに見張る。こっちの指揮は寺坂様と相談しておれがとろう」

「承知しました」

と答えた政次は昨夜亮吉が根津宮永町から持ち帰った投げ文の文面を思い出していた。手跡は下手な男文字で、

「いわし屋儀右衛門の次男卓一郎の身柄預かった。次なる知らせを待て」

とあり、署名はなかった。

投げ文の文面について昨夜も侃々諤々《かんかんがくがく》議論があったが、結論は出なかった。宗五郎も政次も八百亀も、卓一郎の拐し騒ぎに権三郎、お艶が関わっているという考えで一致していた。ゆえにその方向で探索を始めることが決まっていた。

「政次、朝飯食ったらおれは寺坂様とお会いしてくる」

と宗五郎が言い、

「わっしらは無駄は承知で品川まで足を延ばしますぜ」

八百亀が政次と話し合ったことを告げた。

「よし、それでいい。おれたちは先に上がる。政次、ゆっくりと湯に浸かっていろ。探索には時に独りになることも大事なことだ」

と宗五郎と八百亀が先に湯殿を出た。

政次は湯船の中で胸の中の想《おも》いをからっぽにするために両眼を閉じた。なにも考えない、ただ、湯に身を浸《ひた》して時の流れに身を委《ゆだ》ねていた。

どれほど時が過ぎたか、湯殿に人の気配がして、

「若親分、いっしょに湯に入っていいかえ。しほさんに今から湯屋に行くんじゃ、朝

飼が遅くなるから若親分といっしょにさっぱりしてきなさいって、言われたんだけど」

弥一の声が遠慮げにした。

「いいよ、弥一」

「ほいきた」

と言葉が返ってきたときには裸の弥一が湯殿に入ってきた。

「おれ、金座裏の湯に入るのは初めてだよ」

「かかり湯をちゃんと使いなさい。女衆があとで入るからね」

「あい」

と答えた弥一が桶《おけ》にかかり湯を酌み、汗を手拭《てぬぐ》いで洗い流した。まだ大人になりきれない少年の体だった。それでも身丈は亮吉と同じ高さになっていたが、なんともやせっぽちだった。

「弥一、ちゃんとご飯は食べてますか」

「金座裏のご飯は美味《おい》しいからね、三膳は食べるぜ。いえ、食べます」

弥一が言い直した。

「体を鍛えたほうがいいね。捕り物は危険が付き物だからね」

「下駄貫《げたかん》の兄いは御用のさなかに殺されたもんね」

「そうでしたね、下駄貫ほどの老練な手先でもちょっと気を抜くと、命を落とすことになります。弥一はまだ体ができていません。体がしっかりと固まる前に護身術の稽古をしたほうがよさそうですね」

「護身術って捕り方の稽古か」

と言いながら弥一が湯船に入ってきた。

「まあそんなところです」

「赤坂田町《たまち》の道場に毎朝通うのは遠いな」

「神谷《かみや》道場はちょっとね」

政次はこのところ御用繁多《はんた》で神谷道場の朝稽古に通えないのを気にしていた。宗五郎が第一線から身を退《ひ》くことになれば、ますます政次の負担は重くなる。それが十代目を引き継ぐ政次の宿命だった。となると自分自身を含め、御用の合間に金座裏で体を動かすことを考えたほうがいいか、と思い付いた。

「金座裏で武術の稽古道場を開きますか」

「お師匠さんは若親分かい」

「差し当たって私が務めるとして、時に永塚小夜《ながつかさよ》様をお招きしてもようございましょ

う」

「おれ、一番弟子になるの」

弥一が政次の考えに賛成した。

「若親分、今日はどこへ出かけるんだい」

「品川宿の東海寺前に産婆を捜しに八百亀の兄さんと行きます」

「えっ、しほさん、産婆を変えるのか」

「弥一、しほのことではないよ。こたびの一件でお艶といわし屋の旦那の間に生まれた子を取り上げた産婆ですよ」

「えっ、いわし屋の旦那、外で女に子供を産ませたんだ」

「十八年ほど前のことですよ」

「そんな昔の話か。あっ、いわし屋の卓一郎さんが拐しにあったことに関わっているんだね」

「おや、昨夜、話を聞いておりませんでしたか」

「若親分、すまねえ。皆の後ろでよ、話を聞きながらうつらうつらしていたんだ」

「弥一はまだ若いからね、致し方ありませんか」

「それで品川に行くんだね」

「そういうことです」

「若親分、おいらを連れていっておくれよ。芝から品川は旦那の源太《げんた》親方の得意先があちらこちらにあったんだよ。だからさ、亮吉さんより品川のことなら詳しいし、役に立つぜ」

「源太親方は品川をよく承知でしたか」

「十八年も前の話となると土地の人に尋ねてまわらなきゃあならないだろ。卓一郎さんのことを考えたら、一刻でも探索が早いほうがいいよ」

「よし、弥一を同行します。さあ、みんなが町内の湯から戻ってきた気配ですよ」

と政次は湯船から上がった。


弥一は品川に詳しいと政次に売り込んだだけあって、確かに土地の人々を承知していた。東海道品川北本宿から西に折れて寺町に入ると、法禅寺と善福寺の塀が左右に建っていた。法禅寺の門前の掃除をしていた小僧が、

「おや、弥一さんじゃないか。今日は旦那のお供じゃないのかい」

と呼びかけてきた。弥一と同じ、十四、五歳くらいか。

「珍念《ちんねん》さん、旦那の親方は在所に引っ込んでさ、おれ、金座裏の手先見習いになった

んだよ。まだ十手は持たせてもらえないけどさ」

「ふうーん、一緒にいるのは兄さんか」

「若親分の政次さんと八百亀の兄いだよ」

「ああ、政次若親分のことは読売で読んだし、檀家《だんか》の人たちがよく噂《うわさ》しているよ。松《まつ》坂屋《ざかや》の手代さんから金座裏に鞍替《くらが》えしたんだったよね」

　珍念は政次のことをよく承知していた。

「珍念さんよ、この先の東海寺門前で産婆を長年やっているおひゃくさんを知らないか」

「うちは死人が相手だからな、赤子《あかご》が生まれる手伝いをする産婆はな」

「縁がないか」

「東海寺の納所《なつしよ》坊主の諒善《りようぜん》さんはご町内のことが詳しいぜ」

「よし、訪ねてみる」

　まだ大人になりきれない同士で話が進み、三人は鉤《かぎ》の手に曲がる裏道を萬松山《ばんしようざん》東海寺へと向かった。すると東海寺の門前では早桶《はやおけ》が運び込まれて、弔《とむら》いが行われる様子だった。

「若親分、東海寺は弔いだよ」

「そのようですね」

と政次が答え、

「あれ、諒善さんがいらあ」

と言うと駆け出していった。

「旦那の源太の下で伊達《だて》に小僧をやってなかったようですぜ」

八百亀が笑った。

弥一は壮年の僧侶《そうりよ》と話していたが、政次らに向かって慌てた様子で手招きした。

二人が足を速めて東海寺の山門前に辿《たど》り着くと、

「若親分、一足遅かったよ。産婆のおひゃくさんは昨日だか亡くなったんだって」

「なにっ、おひゃくが死んだだと」

八百亀が驚きの声を上げた。

「東海寺門前町で長いこと産婆稼業をしてきたおひゃく婆さんには家族がございません、孤独な身の上でしてな」

弥一と話していた納所坊主の諒善が答えた。

「あの早桶の中におひゃく婆さんが眠っているのでございますか」

「いかにもさよう」

と答えた諒善が合掌《がっしょう》して口の中で念仏を唱えた。

「なんとも間が悪いじゃねえか」

と八百亀がぼやき、

「これ、金座裏のお手先さん、人の命は金座裏の都合で生き死にするものではございませんぞ。もはやおひゃくさんは御仏《みほとけ》の下《もと》へと旅立たれたのです」

「いかにもさようでございます。挨拶《あいさつ》が遅れました、金座裏の駆け出し、政次にございます。おひゃくさんは病で亡くなられたのでございますか」

と政次が言うと、早桶に従っていた一人の羽織を着た老人が、

「そうじゃないよ。おひゃくさんは殺されたんだよ」

と言った。

「なんだって、そりゃまたどういうことだ」

八百亀が諒善から羽織の老人に目を転じて問うた。

「一昨日《おととい》のことだ、居木橋《いるきばし》村から使いがきて、産気付いたってんでいっしょに出ていったんだよ。それがどうしたわけか、昨日の朝、目黒川の岸辺に突き殺されたおひゃくさんの骸《むくろ》が浮かんでいたそうで、長屋に知らせが入ってさ、大騒ぎだ。この界隈じゃあ、近頃、女なんぞを襲って金品を奪っていく騒ぎが立て続けに起こっているんで

よ、土地の御用聞きはそう見ているんだ。夏の時節でもあるしね、通夜《つや》を昨夕長屋で行なって、今日が弔いというわけだよ」

諒善が政次を見返し、

「おまえ様が金座裏の跡継ぎの若親分ですか。世間の噂に違《たが》わずなかなか敏腕なお手先のようですね。これで金座裏も安心でございましょう」

「諒善様、駆け出しでございます」

「松坂屋の手代さんから金座裏に鞍替えなされたそうな」

と答えた諒善が、

「またお会いしましょう」

と言い残すと弔いの一行の後を追った。

「土地の御用聞きって、高輪《たかなわ》の歳三《としぞう》親分かえ」

と八百亀が羽織の老人に聞いた。

「おや、金座裏は知らなかったか。高輪の親分は昨年末に亡くなられて、この東海寺で弔いがあったよ」

「そいつは知らなかった」

「品川の女郎屋の主が高輪の親分の鑑札を譲りうけて、二足の草鞋《わらじ》を履《は》いて威張って

やがるのさ。相模屋《さがみや》の万太郎《まんたろう》って親分だが、おひゃくさんの殺しなど探索しても一文にならないと思ったらしく、さっさと弔いをしろだと」

「驚いたな」

　と八百亀が言葉を失ったように洩らした。

「おまえ様はおひゃく婆さんの長屋の差配さんですか」

「若親分、いかにもさようだ。差配の新五郎《しんごろう》ですよ」

「新五郎さん、おひゃく婆さんはどちらの家に呼ばれていたんでございましょうな」

「それがさ、おかしいのさ。居木橋村はおひゃく婆さんの長年の縄張り内だ、あと半月もすると赤子を生む妊婦は、居木橋村の庄屋の嫁だけだ。うちでさ、念のためだというんで、庄屋の元兵衛《もとべえ》さんの家にかくかくしかじかでとおひゃくさんの騒ぎを伝えたんだよ。するとさ、庄屋さんの家ではおひゃくさんに使いなんて出してないというんだよ。一体全体、どういうことですよ」

「差配さん、おひゃくさんが突き殺されたと言いなさったね、傷は見たかえ」

　と八百亀が訊いた。

「ああ、湯灌《ゆかん》をするんで婆さんの傷を見ましたよ。心臓《しんのぞう》をひと突きした上に首筋を撫《な》で斬《ぎ》ってさ、なんとも手際がいいんだよ」

「おひゃく婆さんの懐は探られてましたか」

「産婆が産気づいた家に呼ばれるのに大金は持つものかね、それでも巾着《きんちゃく》は奪われていたそうな。それで相模屋の万太郎親分は、遊び代欲しさに懐の金を狙った奴だと考えたようです」

「これまで品川宿で頻発しているという強盗は殺してから懐のものを奪うのかね」

「いえ、なんでも後ろから薪《まき》ざっぽうのようなもので殴り付けて、気を失わせ、それで懐中物を奪いとるんですよ」

新五郎が言った。

「おひゃくさんは長年産婆をこの土地でやってきたんですね、嫁いだことはありますか」

「若親分、おひゃくさんは独り者を貫き通してさ、死んだのさ」

「おまえさんの長屋に住み暮らし続けてきたんだね」

「三十年来かね」

「金も貯めていたろうな」

八百亀の問いに、

「噂では百両や二百両ではきかないだろうって、下世話な話は通夜の席でも出てさ、

一応、私が立ち会って長屋を調べたんだがね、一文も出てこないのさ。まさか全財産を身につけていたとは思えないんだけどね」

新五郎が訝《いぶか》しげな顔で言った。

「百両二百両となれば、大金だ。そんなもの腹に巻き付けていたらさ、産婆稼業が務まるものか」

「新五郎さん、おひゃく婆さんはどのような人でしたね」

「気難しい女ではあったさ。だけど、店賃《たなちん》はきちんきちんと払い、町内の祭礼などには相応の銭を出していたしね、格別厄介な店子《たなこ》じゃなかったよ」

「おひゃくさんの道楽はなんですね」

「道楽なんぞありゃしない。仕事一筋でしたよ」

「差配さん、すまないがおひゃくさんの住んでいた長屋を見せてくれませんか」

「弔いがあるんだがね」

「いささか事情がございましてね、一人の人間の命に係わることなんでございますよ」

「金座裏の若親分にそう言われるとね。ともかくうちの長屋に連れていきますよ」

新五郎が東海寺門前町の裏手にある長屋に政次らを連れていった。長屋は弔いのた

めにがらんとして静かだった。

「ここですよ」

棟割《むねわ》り長屋の一番奥が産婆のおひゃくの住まいだった。腰高障子の向こうから線香の匂《にお》いが漂ってきた。がらりと障子を開けた差配の新五郎が立ち竦《すく》んだ。

「どうしなさった」

と八百亀が覗《のぞ》きこむと、通夜が行われた長屋が引っ掻き回されていた。

三

「なんだ、こりゃ」

八百亀が叫んで新五郎の傍らをすり抜けて長屋の狭い玄関に飛び込んだ。

通夜を行った長屋の竈《かまど》の前に貧乏徳利や茶碗が寄せられてあった。通夜の名残りだろう。

「通夜の席でどんちゃん騒ぎなんかしていませんよ。死んだのが産婆のおひゃくさんだ。長屋の当番の芳《よし》さんと留公《とめこう》が亡骸《なきがら》を守りながら、一夜を過ごして線香を絶やさなかったし、朝になったら長屋じゅうがお線香上げてお別れをしたんだ。そんで、早桶に入れてさ、担ぎ出したんだ。そんときゃさ、こんなひどい様じゃなかったよ」

「差配さんよ、皆さんが寺に早桶を担ぎ出したあとさ、だれかが長屋をひっくり返してなにかを捜したんだよ」

八百亀が新五郎に言った。

おひゃくが寝かされていた布団が脇にどけられ、畳が一枚めくられた跡が残っていた。草履を脱ぎ棄《す》てた八百亀が板の間から奥の部屋に入り、床下を覗き込んだ。

「若親分、やっぱりおひゃくさんは大金をこの長屋に隠していたのかね」

と新五郎。

「差配さん、長屋を引っ掻き回した人間はおひゃくさんの貯めた金が狙いじゃないと思いますよ。書付かなにかを捜していたんですよ」

政次が新五郎に説明しながら、部屋の片隅を見た。

長屋には不釣り合いの文机《ふづくえ》があった。硯《すずり》、墨、筆、水差しの文具四品が片付けられ、線香台として使われた様子があった。

政次の視線に気付いた新五郎が言った。

「おひゃくさんを産婆に仕込んだお師匠さんがさ、これからの女は読み書きくらいできなきゃあと教え込んだそうで、おひゃくさんは読み書きができたんですよ。おひゃくさんはその日にあったことをあれこれと記したりさ、稼ぎの額を書いたり、時に五

七五なんぞを詠《よ》んで書き留めておくのが長年の仕来《しきた》りなんですよ」

「長年とはどれほどの前からです」

「私が差配になる前からだから二十数年、いや、三十年にはなっているかもしれませんね」

政次は九尺二間の長屋を見回したが、日課であった日誌が一冊も見当たらなかった。

「いつも自分でさ、半紙を四つに切ったもので帳面をこさえて懐に入れていたよ」

「となれば書き溜めた日誌は何十冊にもなるんじゃないですか」

「若親分、床下に金を溜めこんだ壺《つぼ》一つ、帳面の一冊も置かれてあった様子はないぜ」

「忍び込んだ輩《やから》が目当てのものを見付けた様子はございませんか」

「若親分、床下に物を置いた跡はないよ」

八百亀が覗き込んでいた床下から顔を上げた。すると蜘蛛《くも》の巣が髷《まげ》についていた。

「おひゃくさんの早桶を長屋の連中が運び出し、ここが留守になってさ、差配さんに連れられておれたちがくるまでに四半刻（約三十分）あったかないか。狭い長屋を引っ掻き回しただけでさ、狙いの物が見付かったとは思えねえ」

「私もそう思います」

と八百亀に応じた政次は、

「一昨日出かけたときもおひゃくさんの懐にはいつもの帳面があったはずですね」

「いつものことだ。生まれた子の性別やら五体健全かどうかやら、名前が決まっているならその名を記すのが仕事のあとの楽しみと言っていたからね、持っていたはずだ」

「その帳面はありましたか」

「巾着も帳面もなかったよ。殺した野郎が奪っていったんだろうね」

と新五郎が言った。

「相模屋の万太郎親分は懐の銭を狙った野郎がやったんだ、おれがお縄にすると威張っていたがね」

政次はおひゃくがこれまで書き溜めた日誌がどこにあるのか気にかかった。

「差配さん、去年までの日誌はどこにあるんでしょうね」

「そういや、いつもその年の日誌を懐に入れていただけでさ、書き込んだ日誌は見たことないね。大晦日《おおみそか》に新しい日誌を綴《つづ》るのが習わしだというからさ、使い込んだ日誌は竈で燃やしたんじゃないかね」

差配の新五郎はこう推測したが、政次も八百亀もそれはないと確信していた。下手

人は十八年前の出来事を知るおひゃくの口を封じ、日誌を探したのだ。

「差配さん、東海寺で弔いをするようだが、それはおひゃくさんの遺言ですか」

「独りもんだからね、おひゃくさんは東海寺に墓所を用意していたんだよ。そんでだれも入ってない墓を時折訪ねて墓参りをしていたんだ。私がさ、だれも葬《ほうむ》られていない墓を拝んでなにか得があるのかねえと聞いたらさ、差配さん、産婆というのはなかなか罪深い仕事だ。長年産婆をしてきた間に死産の赤子や妊婦が亡くなった例がないわけじゃない。そういう人の霊に詫びているんだよ、と答えたことがあったっけ。東海寺の空の墓に先住者の霊がいたんだよ」

「ほう、おひゃくさん、面白いことを仰《おつしや》るお方ですね」

と応じた政次は、

「八百亀、弥一、私たちもおひゃくさんの埋葬に立ち会いましょうかね」

と言い出した。

そこで差配の新五郎を含めた政次らは東海寺に戻り、広大な墓地の片隅で埋葬が行われているおひゃくの墓に向かった。すでに墓掘り人足《にんそく》が穴を掘り、おひゃくの早桶が下ろされていた。その傍らで坊主三人が読経《どきよう》を続けていたが、その一人は納所坊主の諒善だった。

「差配さん、遅いじゃねえか。おひゃくさんを埋めちまうところだったぜ」

と長屋の住人が文句を言い、

「ちょいと事情があってさ、金座裏の若親分方の相手していたもんですからね。私も最後の別れをさせてもらいますよ」

新五郎が香を手向《たむ》けた。そして、その傍らで政次ら三人も合掌した。

あっさりとおひゃくの弔いは終わった。

「おひゃく婆さん、斎《とき》の銭も残さなかったかね。あれだけ働いてよ、強盗に突き殺されて死ぬなんて間尺《ましやく》に合わないぜ」

長屋の住人の一人が言い、

「長屋に帰ろうぜ。おれ、ちょいと遅くなったが普請場に行くよ。おひゃく婆さんの弔いは終わりだ」

と別の住人が応じて、十数人の男女がぞろぞろと山門へと向かった。

「差配さん、あとでまた伺うかもしれません」

政次が新五郎に言い、その場に残る意思を告げた。

弔いに立ち会った僧侶のうち、二人は墓地から庫裏《くり》に戻っていった。その場に残ったのは諒善だけだった。

「お言葉どおり、またお会いすることになりました」

「なんぞ御用ですかな」

「少し時を貸して頂けませんか」

「ならば境内《けいだい》を散策しますか」

諒善が政次だけを誘った。

「若親分、わっしと弥一はおひゃくさんの長屋におりますぜ」

と八百亀が心得たように言った。

萬松山東海寺は将軍家光が沢庵《たくあん》禅師の隠居所として寛永十五年（一六三八）に開創した寺だ。ために墓地には沢庵の墓所がある。

「若親分、なにがお知りになりたいのですな」

「おひゃくさんはいくつにございましたな」

「享年五十六です。産婆稼業は三十数年続けて、取り上げた赤子は二千人に近い、それだけが私の生き甲斐《がい》ですと言うておられましたな」

「下世話なことから伺います。三十数年の歳月、慎ましやかに暮らしてこられた様子は長屋を見ても分かります。家族もない、道楽も格別あったとは思えない。おひゃくさんはそれなりの金子を残しておられたと思いますが長屋には隠しておいた形跡はな

かった」

「ほう」

諒善が応じた。が、それ以上の言葉はなかった。

「諒善様、最前山門で別れて新五郎さんの案内で長屋に戻りましたところ、おひゃくさんの部屋が何者かに荒らされておりました。長屋の住人はすべて弔いの場におられた」

諒善の足が止まり、政次を見上げた。諒善はがっしりとした体付きだが身丈は五尺あるかなしかだ。

「おひゃくさんのいない長屋に盗人が入った」

「はい。最前私が話した蓄財を狙ってのことか、あるいはおひゃくさんが自分の生きた証《あかし》として書き続けてきた日誌を狙ってのものか。諒善様はどちらと思われますか」

「はて、愚僧は禅坊主にございますでな」

「お考えはございませんか。ならばもう少し私の推量を述べさせてもらいます」

「若親分のご随意に」

「おひゃくさんに身寄りがなかったことはすでに私も承知しています。となれば、おひゃくさんの大事な財産はどこにあるのか。諒善様、おひゃくさんがこちらに墓所を

設けられたのはかなり前のことですか」

「天明七年（一七八七）のことですから十五、六年前になりますか」

「その折、東海寺ではおひゃくさんから何事か相談をお受けになったことはございませんか」

ふっふっふふ、と諒善が笑った。

「世評以上の若親分ですな。愚僧がそのことに応える前になぜ本日、金座裏の若親分方がおひゃくさんを訪ねてこられたか、お話し願えますかな」

「人の命に係わることにございます」

政次はいわし屋儀右衛門のことは伏せて、その嫡男が拐しに遭っていることを告げた。

「拐しの下手人は判明しておるのでございますか」

「これまでの経緯から考えて、二十年ほども前、この品川宿で遊女をしていた女とその情夫かと推量して動いております」

「お艶なる女ですかな」

「諒善様はご存じでございましたか」

「こちらは仏門に帰依《きえ》する禅宗の坊主です、遊女に会ったことはございません。されば

どおひゃくさんから私になんぞあればお艶が関わっているはずだと、話を聞かされておりました」

「いつのことでございましょう」

「三月《みつき》も前のことでしょうか」

「その折、おひゃくさんはお艶と会ったのでしょうか」

「十数年ぶりにこの近くで待ち伏せしていたと言いました」

「なんぞ脅されたのでしょうか」

「十八年前、お艶が子を産んだことについてだれがなにかを尋ねてきても知らぬ存ぜぬで通せと言われたそうです。どうやら、こたびの拐しと関わりがありそうなことにございますかな」

「どうやらそう考えたほうがようございます。またおひゃくさんを殺したのはこの界隈で頻発している強盗の類《たぐい》ではございますまい。お艶の情夫の権三郎の仕業かと思えます」

「なんということが」

「諒善様、最前の私の問いはいかがにございますか」

「おひゃくさんの蓄財と日誌は東海寺が預かっております。墓をうちに設けたときか

らの縁で預かってきたのです」

「やはりそうでしたか」

「おひゃくさんが殺されたと聞いたとき、拙僧は住職と相談し、おひゃくさんの意思に従うことに決しました。されど相模屋の万太郎親分の言動を考えると、この人物は信頼に足りぬと判断し、拙僧の一存で黙っていることにしました。そこへ金座裏の若親分方がお見えになった」

「すべてはお艶を中心に動いているのだとすると筋が通ります」

「東海寺が預かっておる金子は二百三両です。これに関してはおひゃくさん自身の書付がございますし、弔い代はこの金子から支払ってほしいとの文言もございます。されど、当寺では弔い代を頂戴することは考えておりません。なぜならば、おひゃくさんはこの残された金子をすべて御救《おすくい》小屋に、つまりは江戸町奉行所のしかるべきところに寄贈すると言い残されておりますでな、当寺が手続きを致します」

「おひゃくさんという方は素晴らしい生き方を為《な》されたお方ですね」

「いかにもさようです。暮らしも長屋をご覧になられたでしょうから、もうお分かりのように慎ましやかなものでした。そのようにして貯められた金子です。世のため人のために大事に使わねばおひゃくさんの気持ちに反することになります」

「諒善様、書き溜められた日誌については、なにかおひゃくさんは言い残されておりますか」

「死んだ折には棺《ひつぎ》に入れてほしいとの言葉を残されております」

「と仰いますと最前埋葬した早桶に入っているのでございましょうか」

「いえ、これもまた愚僧の一存でおひゃくさんが殺されたと聞いたとき、しばらく様子を見るために保存しておこうと当寺の文書蔵に保管してございます。若親分が一番入用なのはその文書ではございませぬか」

「はい。おひゃくさんを殺した下手人を特定し、ただ今不安に戦《おのの》いている一人の人間を助けるためにもぜひ読ませて下さいまし」

「どうぞ、庫裏へ」

諒善が庫裏から文書蔵へと案内した。

おひゃくが産婆を生計《たつき》に生きてきた日々を書き溜めた日誌は一尺五寸（約四十五センチ）四方、高さ一尺の木箱の中に、三十数冊が綺麗《きれい》に並べて保管されてあった。

諒善の了解を得て文書蔵から木箱を持ち出し宿坊の一室を借り受けて、政次は十八年前の日誌を中心に前後数年を読む作業に入った。

時折、政次は寺から借り受けた文房具で日誌の一部を書き写し、さらに読んでいっ

た。

おひゃくの日誌は御産録と称された帳面で、新しい誕生の記録の数々が丹念に記され、その合間に詠んだ五七五や頂戴した産婆代、祝儀代の金額が記されてあった。

おひゃくは品川界隈の武蔵川越《むさしかわごえ》藩松平家、筑後久留米《ちくごくるめ》藩有馬家など下屋敷にも出入りして、産婆を務めていたらしく、町屋ばかりが得意先でないゆえに礼金もそれなりのものであったことが分かった。

政次は昼を挟んで八つ（午後二時頃）の刻限までおひゃくの日誌の解読にかかった。その間、諒善の命《めい》で修行僧が昼餉の膳を運んできてくれた。

日誌から謎《なぞ》を解く鍵を得た政次は、おひゃくの三十数年の歳月が記された日誌を木箱に戻し、合掌した。そして、胸の中で、

（おひゃくさん、おまえ様の仇《かたき》はこの政次が必ず討ちます）

と誓った。

諒善に礼を述べると、諒善が、

「若親分、そなたらが推量したことが裏付けられましたかな」

と尋ねたものだ。

「諒善師、人が生きていくとは様々にございますね、若いうちの遊びがかようなこと

を引き起こすこともある」

「お艶のことを言われておるようではなさそうな」

「ついお艶の相手だった男のことを口にしてしまいました」

「拙僧が願うのは拐されたお方が無事に戻ってくることだけです」

「おひゃくさんがこれほどの手がかりを残してくれたのです。必ずや助け出してみせます」

「若親分、その知らせを待っております」

「騒ぎが落着しましたら必ずやおひゃくさんの墓参りに参ります」

言葉を最後に残した政次は、東海寺から新五郎が差配の長屋に戻った。すると八百亀と弥一が長屋に出入りの棒手振《ぼてふ》りの魚屋や女衆と井戸端で賑《にぎ》やかに話し込んでいた。

「あっ、若親分だ」

弥一が政次に気が付き、叫んだ。

「たしかによく見ると金座裏の若親分は様子がいいよ」

と女の一人が洩らし、笑い声が起こった。

「おまえさん方、おひゃくさんの弔いが済んだばかりというのに不謹慎ですぞ」

と差配の新五郎が姿を見せて住人を諫《いさ》めた。

「大家さんよ、人の世は諸行無常だ。逝《ゆ》く人あり生まれる人あり、致し方ねえよ」

と棒手振りが応じたものだ。

「まあな」

と新五郎が答えて政次を見返り、

「おひゃくさんの貯め込んだ金子の当てはついたかえ、若親分」

と聞いた。

「付きました」

「ほう、さすがは金座裏の十代目だ、いくらあった」

「二百三両でした」

と答えた政次が手短におひゃくの遺《のこ》した金子の使い道を話した。するとその場を沈黙が支配し、

「ああ、勿体《もったい》ねえな」

「残すならば御救小屋じゃなくてうちの長屋にしておくがいいじゃないか」

などという言葉に溜息が重なって洩れた。

四

梅窓院は、寛永二十年（一六四三）、美濃《みの》郡上《ぐじょう》藩青山家の初代当主幸成《よしなり》の亡骸を火葬した地に法号を寺名にして建立《こんりゅう》されたものだ。ために青山家歴代の墓所があった。青山家は徳川譜代《ふだい》の重臣で、町奉行と関東総奉行を兼ねた幸成の父忠成《ただなり》が馬を走らせ倒れた駒留八幡までを所領地として受領した謂《いわ》れがある。ために青山原宿村の土地の名も青山家から出ていた。

梅窓院は青山家の広大な下屋敷に接してあった。そして、北から南に瓢箪《ひょうたん》のような形で広がる境内の西側に隣接して教学院があり、その二つの寺の境内と青山家下屋敷に囲まれて細くうねうねとした田圃《たんぼ》が伸びていた。

青山原宿村の字五反田《ごたんだ》耕地《こうち》と呼ばれる田圃だ。そんな田圃の一角に栗の木を主体にした雑木林があって、林の中に一軒の隠れ家がひっそりとあった。

政次と八百亀は身分を明かして許しを受け、梅窓院境内の片隅にある作業小屋から隠れ家を覗いていた。

おひゃくの遺した御産録を丹念に読んでいくと、お艶の生家は青山原宿村にあったことが記されていた。だが、お艶が品川の女郎屋に売られた前後に途絶えたそうな。

お艶は儀右衛門と馴染みになった時期に密《ひそ》かに生家の跡地を七両三分で買い受けていたことが御産録に記されてあった。

そこで品川で知り得た話の数々を書状に認《したた》めた政次は弥一に持たせて金座裏に戻した。そして、八百亀を伴い、青山原宿村に辿りついたときは、すでに夕暮れの刻であった。

梅窓院の寺男《てらおとこ》が雑木林の隠れ家に近ごろ人が住んでいる様子があること、男女が出入りすることなどを話してくれた。その上、政次らの訪問が人の命に係わる御用と分かった寺では、隠れ家を覗くことができる作業小屋を使っていいと許しをくれたのだ。

夏の残照が林の向こうにあって栗林の中の隠れ家の一部を見ることができた。

「お艶が住んでいるんですかね」

と八百亀が政次に洩らした。

「まず間違いないと思います。お艶はかようなことを企《くわだ》てて生家を二十年も前に買い戻したわけではございますまい。けれど長年江戸を離れていたお艶が根城にするとしたらここしかない」

「権三郎と二人でいわし屋の倅を根津宮永町で拐し、遠路青山原宿村まで連れてきやがったかね」

「卓一郎さんは十七歳でしたね。お艶と権三郎ふたりでは出来る仕事ではありませんね」

「儀右衛門とお艶の間に生まれた儀太郎《ぎたろう》が絡んでいやがるか」

と八百亀が言ったとき、隠れ家の井戸端に女が鍋釜を抱えて姿を見せた。

「お艶ですね」

八百亀の潜み声に反応したかのように女が辺りをきょろきょろと見回した。勘のいい女だ。そして、油断のない挙動はこの女がお艶であることを示しているように思えた。

女は夕餉の仕度か。薄れいく残照をたよりに炊事の仕度を終え、また隠れ家に姿を消した。だが、家に入る前にも辺りを見回した。

隠れ家に灯りが灯《とも》された。永年無住だった家に手を入れたか、破《や》れ家という感じはない。部屋はいくつかありそうな広さで厠《かわや》は外にあった。

「直ぐに動くとも思えません。ともかく奴らが寝込んだ折に隠れ家に近付いてみましょうか」

政次と八百亀は腹を空《す》かせて、ひたすら時が過ぎるのを待った。

「若親分、近頃腹を空かせることが続いてますな」

「八百亀の兄さん、昼餉は食しましたか」

「長屋の女連がさ、おひゃく婆さんの斎代わりと昼に握り飯を拵《こしら》えて沢庵漬けを皆で

食したんだが、そん時、おれと弥一もそいつを相伴《しょうばん》になったよ。若親分はどうだ」

「東海寺で馳走になりました」

「中途半端に食べると却《かえ》って腹が空く」

と八百亀が苦笑いしたとき、人影が一つ隠れ家に向かって雑木林から姿を見せた。

手に角樽《つのだる》をぶら下げて斜に構えた着流し姿は隠れ家から洩れる灯りで確かめられた。

「権三郎かね」

「若い体付きです、儀太郎かもしれません」

「ありゃ、一端《いっぱし》の悪《わる》ですぜ」

と八百亀が洩らしたほどだ。

確かに長年泥水に浸かってきた雰囲気を二十歳前の男はすでに漂わしていた。

男が隠れ家に姿を消して一刻半（約三時間）も過ぎた頃か、宗五郎らが金座裏から駆け付けてきた。

刻限は四つ半（午後十一時頃）を過ぎていた。

手先の稲荷の正太《しょうた》と亮吉が従い、寺坂毅一郎《きいちろう》も同行しているのには政次も八百亀も驚いた。

「遠出、ご苦労に存じます」

「ちょうど金座裏から呼ばれていたときに弥一が若親分の手紙を持って戻ってきたんでな。縄張り内のいわし屋の倅の命も掛かっているしな」

寺坂が二人の心を読んだように先回りしていった。

宗五郎一行は、政次の手紙に梅窓院を連絡《つなぎ》の場所にすると記していたので、梅窓院を訪ねて寺男から作業小屋に二人がいることが分かったのだ。

「どうだえ、お艶らが潜んでいる様子か」

「はい。灯りが灯って人が住んでおりまして、寺男の話だと七、八か月も前から無住の家に人の気配がし始めたということです。さらに大工を入れて家の手入れを半年前になしたそうです」

「江戸を離れていたお艶だとすると、差し当たって塒《ねぐら》はあの家か」

「お艶らしき女が夕餉の支度をする様子と、その後、若い男が角樽提げて家に入るのを見ましたぜ。儀右衛門旦那とお艶の間に生まれた子かもしれませんぜ」

と八百亀が宗五郎の問いに応じた。

「卓一郎があの家に捕まっているってことは分からないんだな」

「奴らが寝込んでからあの家に近付こうと若親分と話していたところですよ。だから、いるともいないともいえねえ。だがよ、お艶と思《おぼ》しき女の油断のない挙動を見ている

と、ありゃ、並みの人間の仕草じゃねえぜ。儀太郎らしい若い男の様子といい、奴らが尋常じゃねえことだけは確かだ」

と八百亀の説明に宗五郎が頷いた。

「それにしても昔の経緯《いきさつ》を知るだけの産婆を始末して口を封じることもねえじゃねえか。おひゃくはこんなときのために御産録を書き続けてきたわけじゃねえだろうが、あいつらのやったことをおひゃくの日誌が見事に晒してみせたぜ」

「おひゃくさんは御産録を棺の中に入れてくれと東海寺に願っていたそうです。ですが、おひゃくさんが殺されたと聞いた納所坊主の諒善さんが保存しておいてくれたんです。ために埋葬した棺を掘り起こす手間をかけずに読むことが出来ました」

「親分、驚いたことによ、おひゃくさん、二百三両も東海寺に預けてよ、死んだ後に御救小屋の費《つい》えにするように町奉行所に寄贈すると伝え残していたそうですぜ。おれ、若親分から話を聞いて、世間にゃえらい産婆もいるもんだと感心したぜ」

「八百亀、おめえばかりじゃねえ。おれも長年この稼業をやっているが、そんな話は滅多に聞くもんじゃねえ。そんなおひゃくを殺した野郎は許しておけねえ、仇はおれたちが討つ」

寺坂毅一郎も言い切った。

「政次、お艶から根津宮永町の先妻の実家、宮田宋伯先生の家にさ、儀右衛門さんに宛《あ》てた手紙が投げ込まれたんだ。そんなこんなでここに来るのが遅くなっちまったんだ」

「なんぞ要求がございましたか」

「いわし屋儀右衛門さんは頑としてその手紙をおれたちに見せようとしないんだ。私だけに宛てられた手紙といってな」

「ともかくだ、いわし屋の番頭が卓一郎の件で二通目の手紙が届いたと知らせてきたことだけが救いよ。てめえの倅の命に係わるというのに、いわし屋の旦那はなにを考えているんだか。宮田先生も儀右衛門を説得したようだが、私に任せてほしいの一辺倒でな、話にもなにもなりはしねえ。だが、若親分の働きでお艶一味の塒が見付かったんだ。卓一郎を拐したのはあの家の連中だろうな」

「最後に戻って来た儀太郎らしき若い男が根津宮永町に二通目の手紙を投げ入れたとすれば、お艶らの動きも得心できますね」

と政次が応じて、

「親分、踏み込んでみるかえ」

と寺坂毅一郎が言った。

折しも九つ（零時）の時鐘が響いてきて、栗林の中の隠れ家もひっそりとしていた。だが、行灯《あんどん》は夜通し点《つ》けているつもりか、外に灯りが洩れていた。

「よし、政次、おめえと八百亀に亮吉は表口だ。おれと稲荷は裏口だ。寺坂様には表口の後見を願いましょうか」

宗五郎が手配を決めた。

「親分、表口も裏口も心張棒がかってあるとすれば、手間がかかるぜ。その間に卓一郎さんに怪我《けが》でもさせると厄介だぜ」

「亮吉、なんぞ考えがありそうだな」

と宗五郎が糾《ただ》した。

「おれがさ、床下に潜《もぐ》り込んで表戸の心張棒を外そう。ちょいとの間待ってくんな、親分」

「亮吉、慎重にね、ゆっくりでいいよ」

政次に忠言されて一行は梅窓院の作業小屋を出ようとした。すると稲荷の正太が、

「親分、この掛矢《かけや》を借りていこう。もし亮吉が見付かったときよ、一気に戸を叩き破って突入だ」

作業小屋にあった掛矢を肩に担いだ。

梅窓院の裏門から青山原宿村の細長い田圃に出ると、一行は栗林へと二手に分かれて向かった。隠れ家の前庭にいったん足を止めた表組は様子を窺った後、亮吉が闇《やみ》に紛れて姿を消した。さらに間をおいて政次と八百亀が表戸の左右に忍んでいった。

長い時が流れたように政次にも八百亀にも感じられた。

八百亀の腹の虫がぐうっと鳴いたとき、表戸がかたりと音をたてて、内側へと外された。

金流しの十手を手にした政次と八百亀が敷居を跨ぎ、火は入ってない囲炉裏《いろり》の傍に寝ていた人影が、むくりと起きた。

行灯の灯りに若い男が侵入者を見て、

「おっ母、いわし屋め、裏切りやがったぜ！」

と叫ぶと傍らの匕首を抜いた。奥からも男が起きてきた。

「亮吉、卓一郎さんを捜してくれ」

「目星はつけてあるぜ」

と外した表戸を投げ捨てた亮吉が心張棒を握って土間から板の間に飛び上がった。

同時に政次も囲炉裏端に飛び上がっていた。

「儀太郎ですね、おまえさんは権三郎か」

「てめえは金座裏の若造か」

権三郎が吐き捨てた。

裏口を稲荷の正太が掛矢で叩き割る音が響いて、女の金切り声が応じた。

「儀太郎、卓一郎を突き殺しな」

母親の声に儀太郎が動こうとした。

「動いてはなりません。この金流しの十手が許しません」

政次がさらに間合を詰め、儀太郎と権三郎の動きを封じた。

「卓一郎さん、見つけ！」

と亮吉の声がしてお艶と揉み合う気配がした。

「許せねえ、こいつは内輪の話なんだよ。薬種問屋いわし屋の儀右衛門はおれの親父なんだよ」

「といって昔を知る産婆のおひゃくさんの口を封じることはございませんよ、それに卓一郎さんの拐しも余計なことです」

「ちえっ」

と儀太郎が舌打ちした。

「御用聞きを突き殺して、いったんこの家からおさらばだ」

と権三郎が言ったとき、お艶の悲鳴が上がり、

「悪《わる》なら悪で往生際が肝心だぜ」

と宗五郎の啖呵が囲炉裏端に流れてきて、

「畜生、おまえさん、儀太郎！」

と叫ぶお艶の声が呼応した。

「おっ母！」

と叫んだ儀太郎の匕首が煌《きら》めいて、政次の喉笛《のどぶえ》に突き掛かってきた。

だが、赤坂田町の神谷丈右衛門《じょうえもん》道場で直心影《じきしんかげ》流を修行する政次の敵ではない。金流しの十手が閃《ひらめ》いて、肩口を強《した》かに殴りつけてその場に転がし、腰だめにした匕首を体ごとぶつけてきた権三郎の喉元を一閃《いっせん》させた金流しの十手の先端が突いて後ろに飛ばしていた。

「じたばたするねえ」

八百亀が儀太郎の体に伸し掛かり、後ろ手にした手首に捕り縄を手際よく巻きつけた。さらに稲荷の正太が囲炉裏端に飛び込んできて、権三郎を膝《ひざ》で押さえつけ、こちらも縛り上げた。

「お艶、分相応に生きりゃいいものを、見ちゃならねえ過ぎ去った夢なんぞ見るんじ

ゃねえよ」

と宗五郎が言いながら、お艶の首っ玉を摑んで囲炉裏端に突き飛ばした。

お艶は必死で逃げ場を探したが、土間に立っている北町定廻り同心寺坂毅一郎を見て、

「ああっ」

と泣き出した。

「親分、いわし屋の倅は無事かえ」

と寺坂の声が聞いた。

「寺坂様、ほれ、このとおり、怪我一つしていませんぜ」

まだ幼い顔立ちの卓一郎の手を亮吉が引いてきた。

「納戸部屋に縛られていたんですよ」

事情が分からないのか、真っ青な顔をしてぶるぶると震えていた。

「卓一郎さんだね、わっしは金座裏の宗五郎だ。北町の寺坂毅一郎様もお出張《でば》りでね、おまえさんの行方を追っていたんだよ。根津宮永町の爺様の家からこやつらに捕まったんだね」

宗五郎が言うと卓一郎ががくがくと頷いた。

「亮吉、お喋り駕籠屋をここまで連れてこい」

宗五郎らは帰りのことを考えてお喋り駕籠屋の繁三《しげぞう》と梅吉《うめきち》を連れてきていたのだ。

「合点だ」

亮吉が飛び出していき、稲荷の正太がお艶にも捕り縄を打った。


金座裏の宗五郎一行が南茅場《かやば》町の大番屋に着いたのは五つ半（午前九時）の刻限だった。卓一郎を乗せる駕籠は用意していたが、捕り縄をかけたままお艶ら三人を歩かせるわけにはいかない。江戸の人間は物見高いし、お艶らの罪が決まったわけではない。となればさらし者にするわけにはいかない。

七つ過ぎの刻限、青山久保町の駕籠屋を叩き起こして三挺の駕籠を用意するのに六つの時分までかかり、三挺の駕籠を連ねて、青山久保町から赤坂御門外溜池《ためいけ》、外桜田を通って南茅場町に辿り着いたのだ。

まず卓一郎の無事はいわし屋に知らされた。

その間に拐された経緯の聞き取りが行われ、その場に儀右衛門と番頭の葉蔵が駆け付けてきた。

「卓一郎坊ちゃん、無事でなによりでした」

葉蔵は卓一郎の顔を見て喜んだが、儀右衛門は憮然《ぶぜん》とした顔付きで、

「金座裏の、この話はお艶と内々に話がつくことになっていたんですよ」

と言ったものだ。

宗五郎はその言葉に黙っていた。だが、八百亀が憤然として言った。

「わっしらが余計なことをしたようだね、いわし屋の旦那。だがね、動かざるをえない理由がございましてね。十八年前、お艶が生んだ儀太郎を取り上げた産婆のおひゃくさんをこやつらが口封じに殺したんですよ。人ひとりが殺され、わが子が拐しに遭っているのに、おめえさんはわっしらが余計な節介だと言われますかえ」

「産婆が殺されたなんて私は存じませんよ」

儀右衛門が不貞腐《ふてくさ》れたように言った。

「おめえさんは儀太郎をわが子と認めなさるので」

宗五郎が問うた。

「金座裏、それこそ余計な差し出口です」

「何事も金で解決しようって話ですかえ。まあ、それもようございましょう。いずれお艶、権三郎、儀太郎って悪人ばらのお調べが進めば、いわし屋さん、おめえさんとの関わりで世間に知れることだ」

ひえっ、と番頭の葉蔵が悲鳴を上げた。

「まあ、宜《よろ》しゅうございます。本日は卓一郎さんを連れてお帰りなさい。いずれ北町からお呼び出しがございましょうでな」

と宗五郎が言い放ち、仏頂面をした儀右衛門が、

「さあっ、卓一郎、家に帰りますぞ」

と大番屋を出ていき、番頭の葉蔵が頭をぺこぺこと下げて、

「いずれ金座裏にご挨拶を」

と言い残すと主父子の後を追った。

「親分、おひゃくさんの爪《つめ》の垢《あか》でも煎《せん》じて飲ませたいね」

「八百亀、勿体ねえだけだ、おひゃくさんの爪の垢がな」

宗五郎の疲れた声がして、いわし屋の騒ぎはいったん落着した。

第四話　嫁入り舟

一

いわし屋の騒ぎの間に龍閑橋《りゅうかん》の祝言話《しゅうげん》は着々と進んでいた。まず船宿綱定《つなさだ》の家作の改築が終わり、綱定の別棟に独り者の仲間とごろごろしていた彦四郎《ひこしろう》が改築なった長屋に引っ越して、おふじやおみつ、それにお腹《なか》の大きいしほまでがいっしょになって夜具《やぐ》や所帯道具を買い整え、お駒《こま》とおかなを迎えるばかりになっていた。

日取りは夏から秋に移る七月朔日《ついたち》と決まり、彦四郎は仕事の合間に亀戸《かめいど》天神のお駒の家と龍閑橋の綱定の間を往来しながら、二人の時節の衣類などを運んでいた。それとて猪牙舟《ちょきぶね》が一、二度往来すると済んだ。

お艶《えん》ら三人が金座裏《きんざうら》の手で捕縛されて二日後の夕暮れ、彦四郎が鎌倉河岸《かまくらがし》の豊島屋《としまや》に顔を出すと、金座裏の独り者たちが顔を揃《そろ》えていた。

「よう、彦四郎、花嫁を迎える仕度は終わったってな」

と亮吉《りょうきち》が問い、

「祝言が迫った今の気分はどんなだ」

「気ぜわしいよ」

「それだけか」

「他になにがある」

「だって、おめえはおかなちゃんを抱えて嫁ぎ先から亀戸に戻るお駒さんを一目見て惚《ほ》れちまったんだろ。そのお駒さんと所帯をあと四日後に持とうというんだ。気分がよ、わくわくがんがん高鳴ってねえかと、幼馴染《おさななじ》みのおれが聞いているんだよ」

「わくわくがんがんな、そんな気分にゃならねえな」

彦四郎はどことなく他人事《ひとごと》のように答えた。

「だったらどんな気分だ。もうお駒さんとおかなちゃんによ、何十年も連れ添った夫婦みてえに飽きちまったのか」

「亮吉、一緒に暮らしもしないうちから飽きるもなにもあるものか。見ず知らずの男と女が同じ長屋で暮らそうというんだ。考えもしないことが起ころうじゃないか。ましておれの場合は、おかなって幼子《おさなご》がいるんだ。わくわくがんがんよりよ、三人いっしょに仲良くできるかどうか案じる気持ちが先だな」

何事にも慎重な彦四郎らしい答えだった。

「ふうーん、なんだか祝言を待つ花婿の言葉じゃねえな」

と亮吉が白けた顔で言った。

「亮吉兄さん」

「なんだ、見習い」

亮吉が弥一《やいち》の呼びかけに応じた。

「独楽鼠《こまねずみ》の兄さんは彦四郎さんの言葉をそのまま信じたのか」

「信じるも信じないも仏頂面でそういうんだ、本心だろうが。まあ、彦四郎らしいよな。おかなちゃんが夜中に熱を出したらどうしょうとかさ、起こってもいねえことを案じているんだからよ」

「へーん、それでよく金座裏の手先が務まるな」

「なんだと、頬《ほお》べたに一発食らわしてやろうか」

亮吉が拳《こぶし》を固めて振り上げて見せた。

「ああ、金座裏の落ちこぼれが見習い相手に拳を振り上げているぜ、からかわれているのも気付かずによ、呆《あき》れたね」

「なんだと、お喋《しゃべ》り駕籠《かご》屋《や》の繁三《しげぞう》。てめえ、おれが弥一にどうからかわれていると抜

かしやがるんだ」

「見習いの弥一でさえよ、彦四郎のおめえを思う気持ちを察しているんだよ」

「なんだ、その持って回った言い方は。弥一、おめえはおれになにが言いたかったんだ。事の次第によっちゃあ」

亮吉は繁三から弥一に視線を戻していった。

「殴るの」

「見習いを殴ってもしようがねえや。だからちゃんと言葉を絵解きしろ」

「彦四郎さんは優しいや。だからさ、むじな長屋で育った三人組の一人が取り残された不幸せを思ってさ、わざとああ嬉《うれ》しそうでもない顔でさ、ああ答えたんだよ。彦四郎さんは内心ではお駒さんとおかなちゃんを迎える日がさ、一日でも一刻でも早いことを願っているのさ。だけど、亮吉さんの前ではにやにやもできないじゃない、わざとこんな顔をしているに決まっているじゃないか」

「なんだと、おれが不幸せだと。天下の亮吉様だぞ、一緒に住みたいなんて女は星の数ほどいるんだよ。弥一、てめえなんぞに同情される謂《いわ》れはないんだよ」

と亮吉が胸を張った。

「あら、亮吉さんには星の数ほど所帯を持ちたいという女の人がいるの、知らなかっ

た」

奥から顔を出したお菊《きく》が亮吉を睨《にら》んだ。さらにその後から姿を見せた隠居の清蔵《せいぞう》が、

「お菊、むじな長屋の落ちこぼれにはそんな女がごろごろいるんだって。おまえさんも考え直したほうがいいよ」

お菊が作った、亮吉の傷口に塩を揉《も》み込むようなことを言った。

「ちょっ、ちょっと待ってくんな。こっちの話とそっちの話をごっちゃにしないでよ。弥一と繁三がさ、彦四郎の気持ちをあれこれ穿《うが》った講釈しやがるからよ、行きがかり上、ああ、言ったんだよ。お菊ちゃん、他意はないんだよ。このおれに女がいるわけねえだろ」

「たいってなあに。私、ご隠居が言うように考え直そうかな」

「お菊ちゃん、最前の話はなしだ、嘘《うそ》なんだ。聞かなかったことにしてくれ、頼む」

お菊の前で平身低頭するところに豊島屋の入口に大勢の人影が立った。

「あれっ、若親分としほさんだ。それに永塚小夜《ながつかさよ》様が小太郎《こたろう》さんの手を引いているぞ」

最初に気付いた弥一が甲高《かんだか》い声で迎えた。

「なんですね、また亮吉がなにかやらかしましたか」

「若親分、そうじゃねえよ。彦四郎と弥一と繁三の三人がぐるになって、おれをからかいやがる。それを本気にしたお菊ちゃんがへそを曲げているんだよ」

「まあ、いつものことですね。小夜様が小太郎さんを連れて金座裏に顔を出されたんでね、豊島屋さんにお連れしたんです。秋口になって田楽《でんがく》が美味《おい》しい季節になったと思ってね」

政次《せいじ》がそう言い、

「金座裏のご一行は小上《こあ》がりにお座りなさい。しほさんはほれ、楽な姿勢で板壁に背を凭《もた》れられるようにこっちの席だ」

と清蔵が差配して一同が小上がりに座を占めた。すると繁三が、

「若親分、例の一件は落着したのか」

と聞いた。

政次はこの二日余り、大番屋に出かけてお艶、権三郎《ごんざぶろう》、儀太郎《ぎたろう》の三人の取り調べに立ち会っていたのだ。

「およそのところは調べが付きました」

政次が懐から読売『世相あれこれ』の試し刷りを出して見せた。

江戸の治安と経済を護《まも》る町奉行所は南北二つあって月交替で役目に当たっていた。

旗本から抜擢《ばってき》された町奉行は二人いることになり、その下に与力《よりき》二十五騎同心百二十五人が所属していた。だから、当然南北両奉行所の与力同心には互いに競争意識が芽生えていた。その結果、手柄を誇示するために事件の経緯と結果を、つながりのある読売屋に流して書かせることもあった。

政次が懐に入れていた試し刷りはその一枚だ。

「若親分、やっちまったのか。となりゃ、縄張り内の他の読売は大痛手でよ、店がつぶれかねないぜ」

「亮吉、久しくおまえさんの講釈を聞いていませんよ。この試し刷りをネタに講釈即席話を演じてはどうですね」

「えっ、おれに講釈の注文かえ。即席話はむじな亭亮吉の得意とするところだ、どれどれ」

と『世相あれこれ』の試し刷りを読み始めた亮吉が、

「ふんふん」

と鼻を鳴らす間に清蔵の命《めい》で空樽《あきだる》の上に座布団が敷かれて演台《えんだい》が出来た。

亮吉がいったん豊島屋の帳場に姿を消すと手に扇子を持ち、後ろ帯に絡《から》げていた単《ひと》衣《え》の裾《すそ》を下ろして、

「でんでんでんでん」

と自ら口で太鼓の音を真似《まね》て登場し、空樽の演台にちょこなんと腰を下ろすと閉じた扇子で膝《ひざ》を、
ぴしゃりぴしゃり
と叩《たた》いて景気を付け、

「鎌倉河岸に名物あり、お城越しの富士のお山に豊島屋の白酒と田楽、講釈場豊島亭にお集まりの皆様方はとくと承知のことにございましょう。えへんえへん」

とさらに空咳《からせき》をした亮吉が、

「秋の夜長、今宵《こよい》は、品川女郎衆の途方もない悪女話を即席に読みきります。話は今から二十年余も前に遡《さかのぼ》ります。東海道は一の宿場　品川宿に芳紀《ほうき》まさに十七歳、絶世の美女といいたいがそこそこに愛らしい遊女がありました。その名はお艶と申し、こちらに鎮座まします豊島屋の隠居さんなんぞはおとせさんの眼を盗んで品川通い、お艶にうちの田楽はどうだいとか、白酒を持ってきたよなどとこなをかけた一人にございます」

「りょ、亮吉、ちょ、ちょっと待った。わたしゃ、お艶なんて女郎は知らないよ。おとせが聞いたらなんというか」

「豊島屋の隠居、亮吉が即席にでっち上げた講釈もどきにおたおたするねえ、嘘八百に決まっているじゃねえか」

「えっ、これ嘘かい、繁三」

「どこの馬鹿が講釈師の話を信じるよ」

「そうだった、そうだった。つい、亮吉の与太話に乗せられたよ」

「清蔵旦那、ご隠居、与太話ではございません。むじな亭亮吉の芸にございますよ。ともかく芸談の途中に話の腰を折られるのは困ります。どうかご一同、ご静粛に謹聴下されよ」

と念を押した亮吉が、

「このお艶に惚れた御仁が清蔵さんの他にもございました。さる大店《おおだな》の若旦那にございましてな、お艶を身請《みう》けして品川の借家に囲った。若いうちに女を囲う、とそこまでは男子の本懐の一つにございましょう。だが、厄介なことにこの若旦那に嫁取り話が持ち上がり、お艶と手を切らざるを得なくなった。そこで若旦那はそれなりの手切れ金でお艶と別れようとしたのでございます。ところがお艶は、若旦那の子を孕《はら》んだといい、別れる別れぬとすったもんだの末になんとか、この折は金で決着をつけたのでございます」

と読み進んだ亮吉が白扇《はくせん》で、
ぴしゃりぴしゃり
と膝を叩いて間を入れ、
「さあて、月日は巡る矢車の、いつしか十七、八年の歳月が過ぎ、今や江戸名代《なだい》の老舗《しにせ》の主《あるじ》のもとに使いが訪れ、料理茶屋に呼び出されたのでございます。愛らしかったお艶は世間の泥水をたっぷりと呑《の》んで悪女と化しておりました。
『旦那、ちょいと昔馴染みからお願いが、いえね、おまえ様と私の間に生まれた子をさ、おまえさんの跡継ぎにする約束で別れましたね、二人の間の子も早十八歳の立派な大人、上方《かみがた》でお店奉公をしてきましたからね、明日からでもおまえさんのもとで若旦那が務まりますよ』と言い出したではありませんか。かような時、覚えのある旦那衆は、びっくり仰天、小便をちびり、腰を抜かしましょうな。この旦那も『あの時、手切れ金をやったじゃないか、それで事は終わっているよ』と抗弁しましたそうな。だが、今やお艶のほうが一枚も二枚も上手《うわて》、『おまえさんが私に宛《あ》てた証文と手紙の数々をお畏《おそ》れながらと奉行所に出して白洲《しらす》で決着をつけてもらうよ』と凄《すご》まれ、旦那は呼び出しの度に五両十両と金子《きんす》をお艶に与えて、口を封じていたのでございます」
「ふんふん、で、その旦那ってだれだえ」

と思わず繁三が言い出した。

「馬鹿、てめえ、殺すぞ。おれが講釈語っているときは黙って聞くの。お店の旦那なんだよ、それでいいだろ」

「ああ、そうだった。すまねえ、どぶ鼠」

「どぶ鼠じゃねえよ、むじな亭亮吉師匠だ」

繁三と亮吉が掛け合い、再び講釈に戻った。

「ただ今のお艶の周りには男が二人ございました。一人は情夫の権三郎、それに倅《せがれ》の儀太郎にございます。この二人、懐に匕首《あいくち》を呑んでいるような連中で、お艶の昔話をタネにお店から少なくとも七、八百両、できることなら竈《かまど》の灰までを強請《ゆす》りとろうと企《くわだ》てておったのでございます。そのためにお艶が考えたことは、お店の嫡男を拐《かどわか》して旦那に揺さぶりをかけることでございました。実際、権三郎と儀太郎がお店の跡継ぎを拐し、旦那に脅しをかけたのでございます。さらにもう一つ、お艶らは旦那との子供を生んだ事情を知る品川宿の産婆の口を封じて、この拐しと強請り集《たか》りの関わりを知る者がないようにしたのでございます。この産婆殺しはなんとお艶自らの手で行われたのでございます。さあて、世に悪のタネは尽きまじ、だが、天網恢恢疎《てんもうかいかいそ》にして漏らさず、天知る地知る金座裏が知る、というわけで、政次若親分と八百亀《やおかめ》の兄さんの

必死の探索にて、品川宿の産婆さんが長年書き溜《た》めた日誌を突き止め、お艶らが昔のつながりをネタに例のお店の旦那を脅し強請り、さらにはその倅を拐して、大金を強奪しようとしたことを突き止めたのでございます」

亮吉はしばし間をおいて、一座を見回した。

講釈を聞いている者と酒を飲んでいる者が半々だった。

亮吉は扇子を叩き、声を張り上げた。

「政次若親分の知らせに金座裏一同が青山原宿村まで出張り、北町定廻《じょうまわ》り同心の寺坂《てらさか》毅《き》一郎《いちろう》様のご出馬もあって、誘拐した倅を拘禁した家に真っ先に飛び込んだのは、なにを隠しましょう、このむじな亭亮吉師こと独楽鼠の亮吉にございました」

「えっ、おめえが最初に飛び込んだって、おれ、聞いてねえぜ」

お喋り駕籠屋の兄貴の梅吉《うめきち》が洩《も》らした。

「講釈場で講釈師が真っ先に飛び込んだといえば飛び込んだんだよ。ねえ、若親分」

といきなり振られた政次が、

「いかにも亮吉なくしては拐された倅の命は危のうございました。もっとも飛び込んだという表現があたっているかどうか、床下から潜《もぐ》り込んだために私が見た亮吉の顔にも髷《まげ》にも蜘蛛《くも》の巣がからんでございました」

「なんだ、床下か。どぶ鼠らしいや」

という繁三を無視して亮吉は最後の立ち回りに入った。

「相手の権三郎、儀太郎、お艶は何十両もの強請り、拐し、それに産婆殺しと罪がいくつも重なっております。ために必死の抵抗にございましてな、宗五郎《そうごろう》親分の一喝が響きわたり、若親分の金流しの十手《じって》が躍り、八百亀、稲荷《いなり》の正太《しょうた》兄い、それに亮吉の捕り縄が手際よく巻かれて悪党三人組は見事御用になったのでございます、その見事な捕り物ぶりは町方の手本にございましょう。明日にもこの読売が江戸じゅうに売り出されましょうが、格別に豊島屋の常連のお客様には、このむじな亭亮吉師が緩急強弱の間と節をつけ、啖呵《たんか》を入れて、お粗末ながら読み切らせて頂きました」

しーんと豊島屋の店じゅうがしていた。

「どうしたえ、大活劇の捕り物だろうが」

「亮吉、なんだか中途半端だな」

と清蔵も洩らした。すると一斉に豊島屋の客がわいわいがやがや、

「そうだ、すっきりしねえ話だ」

とか、

「なんか持って回った言い方じゃねえか」

などと言い出した。

「若親分、どうするよ、この始末」

と亮吉が困った顔を向けた。

政次が苦笑いして小上がりの前に出て、

「弟分の不出来はいささか理由がございます。その点は私からもお詫《わ》び申します」

と前置きした政次が姿勢を正すと、

「この青山原宿村捕り物騒ぎの外伝、金座裏の駆け出しが相努《あい》めさせて頂きます」

というとぱちぱちと拍手がまばらに起こった。

「お艶が口を封じた品川の産婆はおひゃくさんと申します。おひゃくさん、生涯独り身を通し、品川界隈《かいわい》で取り上げた赤子は二千とも三千人とも言われる名産婆にございましたそうな。武家屋敷にも出入りしたおひゃくさん、非情にもお艶の手に掛かって無残な最期を遂げました。その弔いの場に私と八百亀と弥一が訪れたのでございます。おひゃくさんの亡骸《なきがら》は東海寺に自ら用意していた墓所に葬られましたが、おひゃくさんは生涯取り上げた子供の記録を自らの棺《ひつぎ》に入れることを言い残していたのでございます。ですが、東海寺の納所《なっしょ》　諒善《りょうぜん》様の機転で、『御産録』は入れられず、ためにお艶らの悪行が世に知れるきっかけになったのでございます。さあて、本題はここからに

ございます。慎ましやかに暮らしてきたおひゃくさんはなんと東海寺に二百三両の金子を預けておられ、私が死んだ後に町奉行所に寄付して、江戸に災難が見舞ったとき、設けられる御救小屋の資金にしてほしいと言い残されておられました」

政次は淡々と話すとしばし間を置き、

「世は無情です、かようなお方を自分の子を取り上げてもらった女が殺すなんてことがあっていいものでしょうか。おひゃくさんの温情は間違いなく町奉行所のお白洲の上で、お艶たちの厳しいお沙汰《さた》になって返ってきます、自らの命で罪を償《つぐな》うことになりましょう。こたびの騒ぎの陰で私どもが知った心温まる話にございました。人の一生とはかくありたいものと、おひゃくさんの気持ちを私は生涯忘れることはございますまい」

政次の話が終わったが豊島屋はしばらく静寂が支配していた。

だが、突然、拍手が一斉に起こり、地鳴りのようにいつまでも続いた。それはおひゃくの生き方に共感し、その死を悼《いた》む、心からの拍手だった。

二

この日、政次はしほと亮吉を伴い、呉服屋松坂屋《まつざかや》を訪ねようとしていた。このあと、

船宿綱定を訪ねることにしていた。金座裏からの祝い金を持参しての訪問だった。だが、その前に松坂屋に立ち寄る用事が政次としほにはあった。

昨晩のことだ。

住み込みの手先たちが二階座敷に上がったあと、政次としほが寝間に引き上げようと考えているとおみつが、

「政次、彦四郎の祝いだがね、親分とあれこれ考えたがさ、金子にしたよ。彦四郎はうちのお抱えの船頭でもあり、手先の助っ人でもあり、なにより政次の兄弟分だ。彦四郎とお駒さんの二人でさ、話し合って所帯道具で足りないものを買うのが一番よかろうということになったんだよ」

と説明し、神棚の三方《さんぽう》に上げてあった袱紗《ふくさ》包みを政次に眼で示した。

「十両包んでおいた」

と宗五郎が言った。

「親分、彦四郎もお駒さんもきっと喜びます」

政次が素直に養父養母の厚意を友に代わって受けて言ったものだ。

「おっ義母《か》さん、お義父《と》っつあん、私たちも話し合ったんです。でも、なかなかいい考えが浮かばず、結局、松坂屋さんにお願いして彦四郎さん、お駒さん、おかなちゃ

んに見合う外着を買い揃えて仕立てることにしました。明日にも受け取りに行こうと思っていたところです」

「そうかい、三人となると値が張ったんじゃないかえ」

おみつがそのことを案じた。

政次が奉公していた松坂屋は三井越後屋と並んで江戸でも有数の呉服の老舗だ。客筋はそれなりにかぎられていた。

「おっ義母さん、私たちのことです、そう高直《こうじき》なものは贈れません。松坂屋さんに政次さんが昔の誼《よしみ》でお安く願ってのことです。外着といっても、ちょっとしたものなんです」

しほが言い訳した。

「政次が頼めば松六《しょうろく》様も喜んだんじゃないかえ」

「松六様や由左衛門《よしざえもん》の旦那に申し上げるほどのものでもございません。大番頭の親蔵《しんぞう》さんに願い、それぞれ反物《たんもの》を選んだんです。長く着られるような落ち着いた縞《しま》と柄を選びました」

「彦四郎は政次より体が大きいからね、反物も人一倍要るよ」

おみつが笑った。

そんなわけで政次が懐に金座裏の祝い金を入れて、しほの歩みに合わせて日本橋に差し掛かった。

いつもと変わらずの混みようだ。すると亮吉が露払いをするように二人の前に出て、

「おっと、すまねえ、産み月の迫った嫁さんがいるんだ。すまねえがよ、脇に避《よ》けてくんな。頼んだぜ」

頭を下げたり、手で脇に避けるように指図した。

「亮吉さん、止《や》めて下さいな。私、恥ずかしくて橋を渡れないわ」

「だってお腹の子に障《さわ》るよりいいじゃないか」

「大丈夫です。政次さんもいますし、私だって自分たちのやや子をちゃんと護ってみせます」

「そうかね、道空けたほうがよくないか」

得心いかない体の亮吉をよそに通りがかりの人々が、

「おーい、しほさん、まだ陣痛はこないのかえ」

とか、

「まだ腹が下がってないからもうしばらくの辛抱だね。大事におし」

とか声をかけていく。

「有り難うございます」

と一々頭を下げながら、

「政次さん、亮吉さん、さあ、早く橋を渡りきりましょう。なんだかさらし者になっているようだわ」

しほがずんずんと歩き出す。

「しほ、そう急いではいけないよ」

政次が慌てて追いかけ、亮吉もしほの傍らを固めるように寄り添った。

「若親分、しほさん、八百亀の兄いたちもよ、彦四郎の祝いをあれこれ思案しているようだぜ」

「彦四郎は金座裏の家族同様だからね」

と政次が答え、

「亮吉さんもその一人でしょ」

しほが尋ねた。

「八百亀の兄いが言うには若親分、彦四郎、おれの三人は兄弟以上の間柄だ。おめえはおめえでないと浮かばない智慧《ちえ》と懐を絞って考えろって、兄いたちの組に入れてもらえないんだ」

「それでなにか考えたの」

「そこだ。先立つものはねえし、未《いま》だ思案の最中だ」

「だって、祝言は明後日よ」

「しほさん、なにかいい塩梅《あんばい》のものはねえかね。金がかからずよ、見栄《みば》えがするものがいいな」

「そんなのないわ」

「亮吉、無理することはないよ」

しほと政次が口々に言い、日本橋を渡り切った。

もう松坂屋はすぐそこだ。

「おれだけなにも祝いをしないのも肩身が狭いぜ」

と言いながらも亮吉が、

「松坂屋さん、金座裏の若夫婦のお成り！」

と店前から叫び、大番頭の親蔵が、

「まるで公方《くぼう》様のお見えのようだね、亮吉さん、本日は若夫婦のお供ですか」

「大番頭さん、ちょいと頼みがあるんだ、この亮吉にもよ」

「はいはい、知らない仲ではございませんからね。便宜は図らせてもらいますよ。な

んぞご希望はございますか」

「便宜ね、金はねえ、気持ちはある。なにしろ彦四郎の祝言だ。一生涯記念になるようなものがいいな」

「それはまた難題でございますな」

親蔵が首を捻《ひね》って苦笑いし、広い店にいた番頭、手代もお客たちも一斉に笑い出した。

「亮吉さん、豆腐や油揚げを買いにきたんじゃないわ。天下の松坂屋さんでそんな話を大声でしないで」

「しほさん、最初にさ、こっちの窮状をさ、申し述べておいたほうが大番頭さんだって応対のしようがあろうというもんじゃございませんか、ねえ、大番頭さん」

亮吉が親蔵を見た。

「まあまあ、亮吉さん、奥にお通りなされ。ご隠居がお待ちですよ」

「えっ、松六様がお待ちだって。奥となるとおれの掛け合いが段々し難《にく》くなるよ」

政次ら三人は松坂屋の奥へと三和土《たたき》廊下を入った。政次が手代を務めていたお店だ。隅から隅まで承知の松坂屋だった。

日本橋からさほど遠くない通《とおり》二丁目の角店の奥に静かな一角があった。秋の陽射《ひざ》し

が穏やかに降る庭に面して松坂屋の老夫婦が茶を喫していた。

「おお、そろそろお見えになる頃と待ってましたよ」

松六とおえいの老夫婦が三人を迎えた。

「彦四郎が所帯を持つってね。それも子連れの相手だそうだ」

松六が政次の挨拶《あいさつ》ものものかは早速聞いたものだ。

「それだ、松坂屋のご隠居。婚家をおん出てさ、家に戻る親子を彦四郎が拾ったというんだから奇妙な縁だよ」

「捨て猫を拾ったんじゃありませんよ。相手はおぼこ娘みたいなお嫁さんというじゃないか」

「おや、ご隠居、よくご存じで。うん、出戻りだからさ、所帯やつれした女かと思ったらよ、おかながいなきゃあ、ありゃ、品川宿ならばおぼこ娘でも売り出せるよ」

「なんですね、兄弟分の嫁様を品川の女郎に見立てようというのですか」

亮吉と松六が掛け合うところに番頭の一人の久蔵《きゅうぞう》が、

「金座裏の若親分、このたびはお引き立て頂きまして」

政次としほが誂文《ちゅうもん》した品々を政次の知らない小僧たちに持たせて姿を見せた。

座敷に置かれた畳紙《たとうがみ》に透かし模様の竜胆《りんどう》が描かれてあるのが清々《すがすが》しかった。畳紙は

三つ、それに小さな包みが一つあった。

「久蔵さん、お久しぶりにございます」

政次が丁重に挨拶した。

政次は手代時代、久蔵に連れられて得意先回りを徹底的に叩き込まれたのだ。だから今も久蔵は頭の上がらない師匠の一人だった。

「政次さん、もはやうちにいた面影はございませんね、今や押しも押されもせぬ金座裏の十代目だ。読売で活躍は拝見していますよ」

久蔵も如才ない。

「しほさん、ご覧になりますか」

「彦四郎さんは政次さんが身代わりで仮縫いしたし、お駒さんもまずお腹さえ出てなければ私と体付きも身丈も同じくらい。まず松坂屋さんの仕立てに間違いがあるとは思えませんが」

「しほ、呉服屋にとってお客様に出来上がりを見て頂くのは怖いようでもあり、楽しみでもあるんだよ」

「そうなの、ならば拝見させて下さいな」

久蔵がまずぶ厚い畳紙の紙こよりを解くと、木綿《もめん》の縦縞、紺と藍の組み合わせがす

っきりとしていた。羽織と小袖《こそで》に帯が添えられていた。

「彦四郎に勿体《もったい》ねえぜ、これさ、なかなかの値じゃねえか。しほさんよ、お産の費《つい》えを使っちまったんじゃないか」

「亮吉さん、締めるところは締めているから大丈夫よ。それに松坂屋さんは仕立て賃なしの値段で引き受けて下さったの」

「ほう、仕立て賃引きね、おりゃ、仕立て賃どころか反物を買う銭もないからね」

「亮吉、おまえさんの一件はあとのことです」

お駒の着物は琉球《りゅうきゅう》の芭蕉布《ばしょうふ》で染色がしっとりと清潔なものだった。さらにおかなは宮参りの着物だった。

「お駒さんもおかなも喜ぶよ」

「おかなちゃんにはまだ分からないわよ。でも喜んでくれると嬉しいけど」

「しほさん、彦四郎の木綿も芭蕉布も上等なものです、着込めば着込むほど風味が増しますでな、この松六が保証しますよ」

「松六様、久蔵さん、お陰様で兄弟分の祝いの品が揃いました。お礼の言葉もございません」

政次としほが頭を下げた。

「ちょ、ちょっと待ってくんな。そう先に礼なんぞ若親分としほさんに言われると、おりゃ、言い出し難くなるぜ。ご隠居、おれの気持ちを察してくんな」

「弟分の祝いの品ね、なんぞございましたかな、番頭さん」

「ご隠居、それが最前から言われますように、ないない尽くしにございましてな」

「ほう、ないない尽くしでしたか」

松六の視線が最後に残った小さな包みにいった。

「そこに残っているのはなんですね」

「おや、まだ一つ残っていましたな」

松六と久蔵が言い合い、亮吉に久蔵が目配せした。

「えっ、おれのものか」

「馬鹿を言いなされ、彦四郎さんの祝いの品でしょうが」

「おれのもんじゃなくて彦四郎の祝い」

と言った亮吉の視線が包みと松六と久蔵に向けられ、

「ご隠居、久蔵さん、値が張るものを用意されてもさ、直ぐには払えないぜ」

「もう頂戴《ちょうだい》してございます」

「えっ、まさか、そうなのか」

亮吉の眼が政次に行き、

「これ、おれが彦の祝いって持っていっていいのか」

「博多献上の帯と羽織の紐《ひも》の組み合わせです。きっと彦四郎に似合います」

「若親分、やっぱよ、持つものは兄弟だね、これをおれからあいつに渡していいんだね」

「しほが見立てたんです」

「すまねえ、しほさんよ。そんな大きな腹抱えて、おれの祝いまで心配させてよ」

亮吉の瞼《まぶた》が潤《うる》んでいた。

「これでむじな長屋の兄弟で残ったのは一人だけですな」

「亮吉さんの祝言は見物でございますぞ、ご隠居」

「番頭さん、相手はおりましょうかな」

「ご心配なく、過日、豊島屋の清蔵様に道端でお会いしましたら、亮吉さんを一人前の手先に仕立てるという女衆がおるそうな」

「ほう、それはまた物好きな」

「で、ございましょう」

松坂屋の隠居と番頭が亮吉を見た。

「豊島屋の隠居もいい加減なことを言っちまって困ったな」

と亮吉がそわそわした。

「清蔵さんの話はいい加減な話でしたか」

「番頭さん、まだ所帯を持つとかそんな話は一切ないんだよ。ただ、お菊ちゃんはおれのことが気に掛かるらしいんだ」

「亮吉さんもお菊ちゃんのことが大いに気がかりなんでしょ」

「しほさん、まあな」

「まあなって、なによ。お菊ちゃんは私の跡継ぎなのよ。豊島屋の看板娘なんですからね、しっかり亮吉さんがしないと、余所の人に取られるわよ」

「えっ、そんな奴がいるのか」

「お菊ちゃんですもの、付け文する男はいくらもいるわよ」

「ち、畜生、おれが許さねえ」

おえいが亮吉の前に茶と京都伏見屋の羊羹《ようかん》を供して、

「まあ、亮吉さん、落ち着きなされ」

と言った。

「おえい様、頂戴します」

羊羹を一口食べて茶をがぶ飲みした亮吉が、

「ふうっ、世の中に気がかりのタネは尽きまじだ」

と嘆息した。


政次の一行が松坂屋から龍閑橋の船宿綱定に到着したとき、お昼前の刻限でちょうど彦四郎が客を送ってきたか、空舟で船着き場に戻ってきた。

亮吉は松坂屋で借りた大風呂敷を両腕で抱えていた。

「彦四郎、お祝いを持ってきたぞ」

「なにっ、そんな気を使うことはねえんだよ」

と言いながらも彦四郎が、

「兄弟分、まず宿に上がってくんな」

綱定の帳場座敷に案内してくれた。すると帳場では大五郎が祝言の挨拶の稽古をおふじ相手にしていたが、

「おまえさんはせっかちなんだよ。も少しゆっくり喋ったほうがいいよ」

と注意を受けたところだった。

「くそっ、櫓《ろ》を操るように口は動かないぜ」

大五郎がぼやき、彦四郎が、

「親方、女将さん、金座裏が祝いに来てくれたんだ」

「おや、政次若親分にしほさんまで、お腹は大丈夫ですかえ」

大五郎がどことなくほっとした表情で言ったものだ。

「親方も挨拶は苦手かえ」

大風呂敷を両腕に抱えた亮吉が言いながら、帳場に下ろして、

「ふうっ」

と大きな息を吐いた。

綱定の帳場にも縁起棚があり、その下に彦四郎の祝いの品々が所狭しと置かれてあった。

「彦四郎の長年のお得意様が祝いだと持参してくれるんだよ、これまで頑張ってきたお蔭だね」

おふじが言った。

「政次さんは彦四郎の兄貴分だけど、なにも祝いなんて改まることもないと思うがね」

大五郎が政次らと向き合った。彦四郎にとって綱定の大五郎親方とおふじは、仲人

でもあり親代わりでもあった。

政次が金座裏からの祝い金と若夫婦からの祝いの品を差し出し、

「えっ、船頭のおれに羽織だって、不釣り合いじゃないか」

「彦四郎、ここでよ、着てみちゃあどうだ。松坂屋さんではいくらでも寸法の合わねえところは直すって言ってなさるからよ。ほれ、そっちの包みは博多献上の極上の角帯と羽織の紐だ」

と亮吉が勧めた。

しほもおふじも亮吉に賛成して、彦四郎が隣座敷で着替えをすることになった。おふじが着付けに立ち会い、

「なんだか、おれじゃねえみたいだな」

彦四郎が照れながら早々に姿を見せた。体が大きいこともあって堂々として一段と男っぷりが上がっていた。

「彦四郎、着物一式は政次としほさんから、羽織の紐と角帯はおれからだからな、そこんところ忘れちゃならねえぞ」

「分かっているって。すまねえ、政次、しほさん、亮吉よ。おれが羽織なんぞ着るときがあるかね」

「ありますよ、必ず」

おふじが彦四郎をわが倅でも見るようにうっとりと眺めた。

三

龍閑橋の綱定から金座裏に戻ると、居間から寺坂毅一郎の声が聞こえてきた。ということはいわし屋の一件の大番屋での調べが落着し、お艶、権三郎、儀太郎の三人が奉行所のお裁きに委《ゆだ》ねられたということであろう。

政次ら三人が居間に行き、

「ただ今戻りました」

と挨拶し、

「寺坂様、ご苦労様にございました」

政次が寺坂を労《ねぎら》った。

「あとは吟味方今泉修太郎《いまいずみしゅうたろう》様の裁きに委ねられる。だが、だれが受け持ちになったとしてもお艶と権三郎の死罪は変わりあるまい。なにせ産婆のおひゃくの口を封じたことがよくねえ。それにいわし屋の倅の拐しも加わるからな。あとは儀太郎の齢《とし》がどう判断されるか、十八とはいえ一端《いっぱし》の悪人であることに変わりはねえ」

政次は寺坂の言葉にただ頷き、

「彦四郎の祝いに行っていたそうだな」

と寺坂が話題を変えた。

「はい、親分の祝い金を届けたところです。とても喜んでおりました。綱定の帳場座敷には彦四郎のお客様からたくさんの祝いの品が届いておりましたよ。あいつの人柄でしょうね」

「あいつはおっかねえ仁王様みてえに大きな体だが、心は広くて優しいからな」

宗五郎が応じた。

「大五郎さんとおふじさんがさ、わが倅の祝言のように喜んでいたんじゃないかね」

と声がして、おみつが姿を見せた。

「おっ義母さん、おふじさんの彦四郎さんの着替えを手伝う姿は、実の母親の眼差《まなざ》しそのものでしたよ」

「しほ、うちと同じように綱定には子がなかったからね。一気に倅、嫁に孫まで出来ちまった。これで綱定も賑《にぎ》やかになるね」

おみつが言い、聞いた。

「おまえたちが見立てた木綿縞の羽織と小袖はどうだったえ」

「松坂屋さんが丁寧な仕立て職人を選んでくれましたので彦四郎の体にぴったりでございました。なにより羽織を着ると一段と彦四郎の男っぷりが上がった感じでしたよ」

「お駒さんとおかなちゃんの分は、祝言が終わって落ち着いてから仕付糸を外すことになると思いますけど、きっと似合います」

政次としほが口々に答えた。

「あとは亮吉か」

寺坂が亮吉を見た。

「へっへっへへ、わっしの祝言だって話はだいぶ先のことでございましょうね。なにしろ兄弟分の心遣いで彦四郎に祝いを上げたくらいですから、未だ末弟は半人前だ。そうだ、若親分、しほさん、おれの祝いまで用意してくれて有り難う。礼をちゃんと言おうと思ってよ、機会を逸していた」

亮吉が改めて政次としほに礼を述べた。

「なんだ、独楽鼠。おまえは八百亀連中の祝い組から外されていたのかえ」

「おかみさん、八百亀の兄さんがさ、おめえは彦四郎とは兄弟同様の間柄だ。おれたち手先とは事情が違うってよ、言うもんだからよ、さてなにを贈るかと思案したが先

立つもんがねえや。そしたら、若親分としほさんがこっちの懐具合を察してさ、博多献上の帯と羽織の紐をおれの祝い用に別に松坂屋さんで註文していてくれたんだよ。それでなんとなく恰好《かっこう》がついた」

そうかいそうかい、と笑みの顔でおみつが得心した。

「これで亮吉が所帯を持つなんて言い始めたら金座裏も急に寂しくなろうってもんじゃないか。豊島屋の看板娘のお菊はまだ若かったな、二、三年は独り身を楽しみねえな」

「へえ、寺坂様、そうします」

亮吉が応じたところに玄関先で訪《おとな》いの声がした。

「ちょいとお待ちを」

気軽に亮吉が応対に出て、これはこれは、なんて声がしていたと思ったら、

「親分、いわし屋の旦那と根岸の宮田《みやた》宋伯《そうはく》先生のご入来だ。番頭の葉蔵《ようぞう》さんも一緒だ」

寺坂を見た宗五郎がこちらにお通ししねえ、と亮吉に命じ、おみつとしほが居間を片付けて台所に下がり、金座裏の親子と寺坂の三人が残った。

「へえ、こちらに」

訪問者を案内してきた亮吉がそれぞれに座布団を出し、緊張した表情の三人を神棚のある居間に通して自らは引き下がった。

「根津宮永町の宮田宋伯先生までなんですね」

宗五郎が緊張を解《ほぐ》そうと磊落《らいらく》に声をかけ、

「まさか卓一郎《たくいちろう》さんが病になったたって話じゃございますまいな」

拐しに遭った卓一郎のその後を気にした。

「いやね、私もね、いわし屋を訪ねて卓一郎の元気な顔を確かめてきたところですよ。なにしろうちに遊びに来ていて誘拐されたんです。うちも責任を感じて卓一郎がいなくなった数日は生きた心地はしませんでした。そしたら、いわし屋から葉蔵さんが訪ねてこられて、金座裏が無事に孫を取り戻してくれたと聞いたものだから、ひと安心したところです」

と応じた。

いわし屋の主従の顔は引き攣《つ》ったままだ。

「金座裏の、寺坂様、改めて爺からこたびの一件についてお詫びとお礼を申します。いや、ほんとうに助かりました」

宮田宋伯が頭を下げて、儀右衛門と葉蔵が倣《なら》った。

「なんですね、重ね重ねお言葉を頂戴して却《かえ》って恐縮でございますよ。これがわっしらの務め、お上から命じられた御用にございましてな、礼などは要りませんや。今もね、寺坂様が見えてお艶ら三人の下調べが済んで大番屋から奉行所の吟味方に回されたとお話を聞いたばかりでございますよ」

「あの者たちには極刑の沙汰がおりましょうな、寺坂様」

「まず間違いないところにござろう」

寺坂は三人して金座裏に姿を見せた真意が分からず、こう答えた。

「寺坂様、金座裏の親分さん、私の娘が亡くなり、いわし屋の儀右衛門さんは婿とは呼べなくなりました。だが、卓一郎が私の孫であることに変わりはございますまい。いやさ、読売を読んでね、いわし屋のいの字も書いてないことに正直ほっとしました。いえ、この界隈の人々からすればいわし屋に降りかかった災難だと直ぐに分かることです。だけど、儀右衛門さんの名は読売にはなかった。そこでね、いわし屋で金座裏にはちゃんと挨拶しなさったな、と余計なこととは思ったが糺すと、まだというじゃないか。私は驚きましたよ、読売なんてものはあれこれと詮索《せんさく》して、あることないこと書き立てるものです。それがあの程度で留《とど》まった。こりゃ、どうみても金座裏と北町の方々が読売屋に釘を刺した結果です。それを礼にも行ってないと聞いてね、こう

して爺が儀右衛門さんと番頭さんを伴い、こちらにお邪魔したってわけだ。金座裏の親分、寺坂様、真にもっていわし屋は助かりました。白髪頭《しらが》を下げさせて下さいな」

と根津界隈で、

「人情先生、白髪のお医師」

として知られる宮田宋伯が畳に額がつくほどにまた頭を下げた。

「宮田宋伯先生、待って下さいな。二度三度と先生に頭を下げられる話じゃねえ。もしなんぞ懸念《けねん》があればざっくばらんにお聞きなされ。ちょうど寺坂の旦那もおられる席だ」

「親分、有り難い。節介ついでに私が儀右衛門さんの懸念をお尋ねしよう」

「儀太郎の父親はだれってことですかえ」

「親分、そのことだ」

「儀太郎が儀右衛門さんの血を受けているのなら、どうなさろうというんですかえ」

「そこまではまだ儀右衛門さんには考えがいかないようでございましてね、ともかく儀太郎が自分の子かどうか案じておられるのですよ」

「唐和薬種問屋いわし屋は老舗だ、江戸有数の薬問屋だ。十八で一端の悪人が子というのは厄介ですかえ」

宗五郎が儀右衛門を見たが、口の中でもごもごとなにかを言っただけだった。

「政次、おめえがお艶の子、儀太郎を取り上げた産婆のおひゃくさんに行き付いたんだ。東海寺の納所坊主の諒善さんが保管していたおひゃくの日誌『御産録』になにが書かれていたか、詳しく読んだのはおめえだけだ。おめえが儀右衛門さんに話しねえ」

と宗五郎が政次に命じた。

「読売を読まれたようですからおひゃくさんの口をお艶が殺して封じたことはご存じですね。おひゃくさんは品川界隈で武家屋敷から町屋まで幅広く妊婦の手助けをして子どもを二千人とも三千人ともいわれるくらい大勢の赤子を取り上げてきた名産婆にございます。このおひゃくさんは親分が言われたように『御産録』なる子を取り上げた記録を克明につけてきて、その日誌の数は三十七巻に達しておりました。さあて、ご懸念の儀太郎ですが、天明四年甲辰《きのえたつ》正月七日に生まれておりました」

この政次の言葉にがくがくと儀右衛門が頷き、肩を落とした。

「お艶の御産にはだれも立ち会ってございません。ですが、お艶はおひゃくさんに『この子の父親《てておや》は本町三丁目の薬種問屋の若旦那』と告げたそうです」

「ひえっ」

と葉蔵が悲鳴を上げた。

儀右衛門はぎりぎりと歯軋《はぎし》りした。

「若親分、おひゃくさんの記述、信じてようございましょうかな」

宮田宋伯が糾した。

「日誌自体は淡々とその日の天候から取り上げた子供の様子まで几帳面《きちょうめん》に記したものでした、作意や自らの推量は記してございません」

「すると儀右衛門さんの子ども、うちの孫の異母兄ですか、儀太郎は」

「儀太郎が生まれて一月半もした日誌には『お艶には情夫三人から四人ありと噂に聞く。儀太郎の父親が何者か不明なり。これ品川宿の色町にはよくある話なり』と噂話が付け加えられておりました」

「ならば儀太郎の父親は私ではないのですね」

儀右衛門が政次ににじる様にして聞いた。

「最前も申しましたが、おひゃくさんの考えは記してございません。もはやおひゃくさんもこの世の人ではございません。今からだれと断定するのは難しゅうございましょうな」

「助かった」

と思わず洩らした儀右衛門が、

「若親分、その『御産録』を買い取ることはできましょうか。それなりの金子を支払います」

「儀右衛門さん」

宮田宋伯が窘《たしな》める口調で言った。

「いえ、舅《しゅうと》、これはいわし屋にとって大事なことです。世間にそのようなものを残しておくのはまた不心得者が出る因《もと》です」

と言った儀右衛門が政次を見た。

「この日誌をおひゃくさんは棺の中に入れてほしいと願われておりました。ですが、諒善様はおひゃくさんが殺されたと知ったとき、棺に入れることを自らの判断で止められた。その判断によって、私どもはこのような十八年も前のことを知ることになったのです。私は諒善様にお約束致しました。騒ぎが落着したら、おひゃくさんの墓参りに参りますと。その折、諒善様と『御産録』の始末を考えるつもりです。どなたであれ、おひゃくさんの気持ちを踏みにじることはできません」

と政次が言い切った。

儀右衛門が迷ったように視線を巡らし、何事か言いかけた。

「いわし屋の旦那、おひゃくさんがこの世に残したのは『御産録』だけではねえんでございますよ」

宗五郎が儀右衛門に諭《さと》すように話し出した。

「えっ、まだなにかがございますので、親分さん」

といったん安堵《あんど》していた葉蔵が不安な表情に戻した。

「生涯取り上げた赤子が儀太郎を含めて三千人、こいつはおひゃくさんの勲《いさお》しだ。そうでございましょう、この世に三千人もの子が生まれるのを助けた人間はそうはおりますまい」

「金座裏の、全くだ。私など根津界隈で勿体なくも人情先生と呼ばれるが、おひゃくさんの足元にも及ばない」

宗五郎の言葉に宮田宋伯が言い切った。

「宋伯先生、この三千人の代償におひゃくさんは二百三両もの大金を残していた。その金子もね、江戸が災禍に見舞われたとき、御救小屋が設けられましょう、その費えの一部にして下さいと東海寺に言い残していたんですよ」

「聞きましたよ。このご時世にそのようなお方がおられるのですね」

宋伯が笑みを浮かべた。

「おっ、忘れていた。東海寺から北町奉行所にかくかくしかじかですと、記された書状とともに二百三両が届けられたそうだ。奉行もこの話にはいたく感心なされていたそうな」

寺坂毅一郎が話を締めくくる様に言った。

「若親分、おひゃくの墓参りの折りはおれも誘ってくれねえか」

「紅葉の時分に品川に参りましょう」

政次と寺坂の間で話が纏《まと》まった。

「金座裏の、若親分のお嫁さんは産み月が迫っておると聞いた。私が出るようなことはあるまいが、なんぞあれば使いを立ててくれ。いつでも駆け付けるでな」

と宮田宋伯が言い、

「根津の人情先生、その時はお願いしますよ」

話が終わるのを見図らっていたおみつとしほが茶菓を運んできた。

それから四半刻ばかり四方山《よもやま》話で時を過ごした三人が金座裏を辞去した。だが、儀右衛門はほとんど言葉を交わさず、ただ何事か考えていた。

いわし屋の主従と宮田宋伯がいなくなった後、居間になんとなく重い空気が残った。

「本町の唐和薬種問屋いわし屋といえば安産散など売れ筋の薬をいくつも持っている

がさ、五代目の主があれじゃあな、こたびは若親分の働きで乗りきったが、先行きが暗いな」

と寺坂が呟《つぶや》いた。

「幼いころから大事大事と育てられてきた大店の一人息子には得てして儀右衛門さんのようなお方がおられます。亡くなられた先妻の舅が気を使われても、ちょいと無理でございましょうかな」

「寺坂様、親分、卓一郎さんはしっかりとした若者です。それに根津の人情先生が爺様でついておられます」

「そうだな、代替わりするまで待つしかないか」

「当代で潰《つぶ》れるってこともあるぜ」

寺坂が苦笑いした。

「それにしてもあいつ、人の気遣いが分からないのかね。若親分がおひゃくの話をしたのを、なんと勘違いしたか、『御産録』を買い取るとよ。呆《あき》れてものがいえねえぜ」

「寺坂様、儀右衛門様のようなお方ばかりではございませんよ」

「そう、おひゃくのような産婆もいれば、根津には人情先生もおられるってわけだな、金座裏」

「いかにもさようです」

しばし無言で金座裏の二組の夫婦と寺坂が冷えた茶を啜《すす》った。

宗五郎、政次、寺坂の三人には青山原宿村の隠れ家で卓一郎を助け出したとき、儀太郎と体付きから顔立ちがそっくりなことに驚きを隠せなかった。そこで三人はお喋り駕籠屋の繁三と梅吉の駕籠に卓一郎を乗せて、南茅場町の大番屋に先行させ、儀太郎といっしょになることを避けさせたのだ。

「体付きや顔立ちが似ていることは他人の間にも往々にしてあることだ」

「寺坂様、そういうことですよ」

「儀右衛門に言ったら魂消《たまげ》て、なにを言いだすか知れたもんじゃなかろうぜ」

「まあ、このことはここだけの話にしておきましょうかな」

「それがよかろう」

寺坂が言った。

「政次、黙っているが、なにか懸念か」

「いえ、懸念などはございません。卓一郎さんでございますがね、儀太郎が異母兄ということを承知しておりますよ」

「お艶が言いやがったか」

「親分、隠れ家で何日か一緒に暮らしたんです。儀太郎が荒《すさ》んだ暮らしをしてきたのは直ぐに分かりますが血は隠し切れません。卓一郎さんは自《おのず》から儀太郎との血のつながりを悟ったと思います」

何度目か、沈黙に落ちた。

「卓一郎さんがこたびの災難をよい経験にしてくれるような気がするんです、きっとしてくれます。医者もそうだが、唐和薬種問屋は高い薬を売るのが務めじゃない、人の命を助けることが本義だと卓一郎さんは爺様から教えられたそうです」

「六代目に期待をかけるか」

と宗五郎が呟いた。

四

彦四郎とお駒の祝言の日、江戸は朝から天高く青空が広がり、晴れ上がった。白い雲が一、二片浮いているのが青空に爽《さわ》やかさを加えていた。

龍閑橋の船宿綱定ではこの日、馴染み客には臨時休業を知らせて休みにした。

彦四郎はかねがね、

「おれがお駒さんとおかなを猪牙で亀戸へ迎えにいってよ、綱定の帳場でさ、ちょい

ちょいと三々九度を済ませて、長屋に引っ越せばそれで終わりだ。商いを休むことなんてないよ」

と言っていたが、仲人の大五郎親方は、

「彦四郎、いくら相手が二度目の嫁入りとはいえ、そんなケチくさいことができるか。綱定の名が廃《すた》らあ」

とちゃんとした祝言をすることを望んだ。それでも彦四郎は、

「親方、わっしら三人でよ、得心したんだがな」

「お駒とおかなと話し合ったってか。馬鹿ぬかせ、綱定の沽券《こけん》に関わるんだよ。招き客もそれなりの人数になろうじゃないか」

「相手のお駒んところは親と二、三人親類がくるくらいだぜ」

「こっちはおめえの二親に金座裏の宗五郎親分、おみつさんの九代夫婦に政次若親分にしほさんの若夫婦、弟分の亮吉、手先の兄貴分の八百亀ですでに八、九人だ。うちだって船頭仲間は祝言に呼ばないでどうする。その上、豊島屋の清蔵さん夫婦は必ず出ると願ってこられたし、得意先がすでに十数人、呼んで下さいとおれもおふじも念をおされているんだよ。まあ、お得意様はお断りするにしても二十五、六人から三十人かね」

「おまえさん、うちの座敷はその倍の席は設けられるよ」

おふじも亭主を嗾《けしか》けるように言った。

「そうだな、ひいき筋を呼ぶとそれくらいにはなりそうだ」

「親方、女将さん、おりゃ、船頭だ。相手のこともあらあ、もちっと内々にできないもんかね」

「おめえ、派手な祝言より地味な祝いを望んでいるのか」

「おれもお駒さんも分相応の祝言がいいんだよ。派手にしてよ、お駒さんの最初の嫁ぎ先を刺激してもいけねえよ」

「彦四郎、お駒さんの先の亭主は親方筋の出戻り娘と深い仲でよ、お駒さんとその出戻りの二筋から望まれてわざわざ宗五郎親分が間に入って離縁したんだろうが。そんなところのことを斟酌《しんしゃく》することはねえと思うがね」

「おまえさん、こんなご時世の上に相手の亭主はお駒さんに未練たらたらというじゃないか。なにがあってもいけないよ。こそこそとすることはないけどさ、まあ、彦四郎の気持ちも一理あるよ」

とおふじの言葉で、

「内々の祝言」

が決まったのだ。

花婿の彦四郎はその朝、町内の湯屋に朝風呂に出向いた。すると龍閑橋界隈の隠居連が、

「彦四郎、嫁を貰《もら》うってな、めでたいや」

とか、

「子連れの花嫁さんなんておまえらしいよ」

と祝ってくれた。その後、行き付けの本石町《ほんこくちょう》の隈床《くまどこ》に廻《まわ》ると政次と亮吉がすでにいて髪を結っていた。

「おっ、花婿がきやがったな」

亮吉が後ろをいきなり振り向き、隈床の職人頭《がしら》の勝次《かつじ》にこつんと頭を叩かれて、

「おれが髪を結っているときには動かないの」

と怒られた。長年の付き合いだから遠慮がない。

「あ、痛っ」

と悲鳴をあげながらも亮吉が喋り続けた。

「どんな気分だ、祝言を前にした花婿はよ」

「落ち着かねえな。今朝も亀戸にお駒さんとおかなを迎えに行ってくるってよ、言っ

たら花婿がそんな真似をしたら、生涯嫁さんの尻に敷かれるぞって親方に怒鳴られた」

「当たり前だ。どこに花婿が花嫁を迎えにいく馬鹿がいるんだ。長屋の野良ネコのくっ付き合いじゃねえよ」

亮吉が言った。

「おれのほうが万事あちら様のことはご存じなんだ、手っ取り早いじゃねえか」

「彦四郎らしいな。でも、花婿がちょろちょろ動くと周りが迷惑するようだよ。本日はでんと控えているんだね」

「政次のときは御用でよ、祝言に間に合うかどうかしほさんをやきもきさせたっけな。独り祝言を覚悟したそうだぜ、しほさんも周りもよ」

亮吉が政次としほの祝言の日のことを思い出した。むじな長屋の三人でいるときは昔どおりに呼び捨てだ。

「亮吉、私もさすがに焦ったよ。ですが、金座裏の養子になった以上、御用第一は覚悟できていましたからね、あのときも肚《はら》は括《くく》ってました。それでもなんとか間にあってほっとしたよ」

「政次はよ、周りをやきもきさせて、彦四郎は当人がうろうろおろおろしてさ、端迷《はた》

惑なんだよ」

「こら、どぶ鼠、頭を動かすなって言ったろうが」

とまた勝次が亮吉に怒鳴った。

「勝さんよ、そうおれの髪をぐいぐい引っ張るなって、おれの自慢は黒々とした髪くらいなんだからな」

「ほう、おめえは己が分かっているようだな。若親分の落ち着きも彦四郎の稼ぎもねえ、ちびで文なしでおっちょこちょいで半人前だ。最後に残りし、亮吉さま、ってな、生涯独り身で寂しく死んでいく身だ」

「へん、勝さん、知らねえな。おれにいい娘《こ》がいるのをよ。愛らしくて、おぼこでよ、しっかりもんだ」

「そんな物好き、どこにいる。いるんならおれの前に連れてこい」

「連れてきたらどうするよ」

「土下座して詫びるよ」

「彦四郎、替わろう」

政次がさっぱりと結い上げられた髷で立ち上がり、彦四郎と替わった。

「親方、本日は三人前の髪結い代を支払っていきますよ」

と政次が三人分の代金にいくらか載せて支払い、

「勝次さん、亮吉との話、止めにしておいたほうがいい」

「えっ、若親分、亮吉にそんな相手がいるのかい。そりゃ、お見それしました、亮吉さん」

と勝次が詫びて、政次が、

「彦四郎、祝言の場で逢《あ》おう。しほをお医師のところに連れていく約束なんでね」

「えっ、陣痛がきたのか」

「彦四郎、そうじゃないよ。祝言の場で産気づいてもいけません。用心してお医師に診てもらうんだ」

と言い残した政次が、一足お先にとむじな長屋の兄弟分二人に言い残して姿を消した。

「政次、彦四郎、亮吉と呼び合うのも最後になるかもしれないな」

隈床の隈之助《くまのすけ》親方がしみじみと言った。

「どうしてよ」

「亮吉、互いに連れ合いが出来たんだ。そうもいくめえ」

「おれたちはさ、死ぬまで呼び捨てだよな、彦四郎」

「いいや、親方が言うのが真っ当かもしれねえな。亮吉、お駒さんの前ではよ、彦四郎さんと敬うんだぞ」

「なんだ、てめえの女房はさん付でおれは呼び捨てか」

「それぞれに立場があるからな」

「ちえっ、女房もらって兄弟分の間柄を変えるようなやつとは付き合いは願《ねげ》え下げだ」

「今日の祝言もこねえか」

「おお、こねえ」

彦四郎と亮吉の掛け合いは際限なく続きそうな感じだった。亮吉は亮吉で、彦四郎の高ぶった気持ちを忘れさせようとしてのことだった。そんな朝の間がゆるゆると隈床に流れていた。

金座裏の掛かり付けの医師の一人は北鞘《きたさや》町裏の桜川玄水《さくらがわげんすい》だ。玄水は婦人科が専門のお医師で長年おみつも通った。だが、子を授かることはなかった。

この日、しほを連れて玄水医師にしほの診察をしてもらった。

「初産じゃによって、もう四、五日は間がありそうですぞ、しほさん。後はすべて順

調じゃによってなにも案じることはない。おみつさんの力にはなれなかったが、しほさんと政次さんの子はしっかりとお産させるまで見届けるというておいてくれ」

桜川玄水の屋敷には大事な得意先のお産には信頼のできる産婆と一緒になって分娩《ぶんべん》するような部屋が設けてあった。金座裏でも御用が御用だ。それなりに広い家ゆえお産が出来ないことはないが、桜川先生の屋敷でお産をするほうが安心だし、その手筈《てはず》になっていた。

政次としほが北鞘町から御堀に出ると、御城の向こうに富士の霊峰が見えた。まだ頂きには雪がない。だが、青空に白い雲を棚引かせて聳《そび》える富士山は清々しかった。

「彦四郎さんとお駒さんの祝言、いい日和《ひより》よ」

「私たちは桜の季節でしたが彦四郎はこの秋空が祝ってくれるよ」

「彦四郎さんは子供好きだから、すぐにおかなちゃんをわが子として受け入れて仲良く過ごすと思うわ」

「しほ、もうすでに実子以上の可愛《かわい》がりようだよ」

政次が答えたとき、政次の眼を避けるように一石橋のほうに向かった男に注意がいった。お駒の前の亭主の竹之助《たけのすけ》だ。むろん表具師にして絵繕師が日中この界隈を所用で歩いていても不思議ではない。だが、彦四郎のもとに嫁にくるお駒の祝言の日に選《よ》

りに選ってこの界隈に顔を出したことが気になった。だが、政次はしほにはそのことを告げなかった。

金座裏に戻ったとき、すでに亮吉は戻っていた。

「どうだったえ、しほさん」

「なんの差し障りもないそうです」

「そいつはよかった」

亮吉が言い、八百亀らと縄張り内の見回りに出ていこうとした。

政次は八百亀を呼んで、木挽町《こびき》の竹之助の姿を見たときの様子を告げた。

「なんですって、あいつ、まだお駒さんに未練があったのかね。なんでも親方の出戻りとはうまくいってねえってことは小耳に挟んでおりましたがね。彦四郎の祝言にケチがついてもいけねえや、常丸《つねまる》と亮吉を亀戸天神に送り込み、わっしらは龍閑橋界隈を見張りますから安心なすって」

と答えた八百亀が見回りに出ていった。

綱定の新造船が竪川《たてかわ》から大川に出て、永代橋《えいたい》へと下り始めた。新造船の舳先《へさき》には竹《たけ》竿《ざお》が立てられ、綱定の名入りの提灯《ちょうちん》が下げられていた。その下に一人男衆が片膝をつ

いて乗っていた。

夕暮れの刻限だ。

提灯の灯《あか》りが淡く水面《みなも》に映り、白無垢《しろむく》姿の花嫁の顔を照らしていた。花嫁の背後には花嫁の母親が孫を抱いて乗っていた。

むろん亀戸天神から嫁入りするお駒とおかなの嫁入り舟だった。そして、なんと船頭は政次の羽織袴《はかま》を借り受けた花婿の彦四郎自らだった。

お駒の先夫の竹之助が龍閑橋界隈をうろついていることを彦四郎は知らなかった。

だが、彦四郎が親方の大五郎に、

「親方、おりゃ、生涯お駒さんの尻の下に敷かれてもいい。だからよ、嫁入り舟の船頭はおれにさせてくんな。お駒さんはいちど所帯を持つことにしくじっている。お駒さんのせいじゃないがね、それだけに不安いっぱいの嫁入りなんだよ。おかなを抱えたお駒さんが安心するのはおれが櫓を握ることだ。おれも二人を安心させたいや」

と懇願し、おふじと話し合い、花婿が嫁入り舟の船頭を務めることになったのだ。

そして、舳先に控える綱定の名入りの法被《はっぴ》を着た若い衆は、亮吉だった。むろんこちらは竹之助を警戒してのことだ。

嫁入り舟は大川の流れに乗ってゆったりと永代橋へと向かい、日本橋川へと入って

いった。豊海《とよみ》橋から霊岸島《れいがんじま》新堀、鎧《よろい》ノ渡しを過ぎて、江戸橋に向かった。すると大勢の人々が橋の上から、

「おっ、嫁入り舟のご入来だ、おめでとうよ」

と声が飛んだ。

「ありがとうよ」

花婿の船頭が声を交わして日本橋に向かう。彦四郎の嫁入り舟は左岸側、魚河岸のある地引《じびき》河岸沿いに寄っていった。すると顔なじみの魚河岸の兄い連が、

「彦四郎、おめでとうよ」

と祝いの言葉を投げてくれた。

「花婿自ら櫓を握ってんのか。これからもおかみさんを操ろうって算段か」

「まあ、そんなところだ」

秋の日は釣瓶《つるべ》落とし、音もなく、
すとん
と日が落ちた。すると提灯の灯りが一段と輝きを増し、水面に嫁入り舟が照り映えた。

そのとき、八百亀は竹之助の姿を見付けた、日本橋の北詰めにだ。古びた木樽を下

げている。表具に使う道具の一つだろうか。

「常丸」

と声をかけ、竹之助の動きを注視した。表具師は木樽の栓を抜くと欄干《らんかん》に寄り、嫁入り舟との間合いを計った。

八百亀と常丸が竹之助の背後から忍び寄った。すると木樽の孔《あな》から油の臭《にお》いが漂ってきた。

木樽を持ち上げようとする手を八百亀が抑え、

ぎくり

と竹之助が振り返り、八百亀の顔を見て荒んだ顔に憎悪とも絶望ともつかぬ表情を奔《はし》らせた。

「竹之助、てめえ、離縁した女房を焼き殺そうってか。離縁をしたのはすべておめえのずるさのせいだぜ。大親方の出戻りと女房のお駒さんの二人をずるずるべったりに付き合っていこうなんて魂胆だからよ、女房に逃げられ、大親方の出戻りともうまくいかねえのよ」

「お駒もおかなもおれの女房で娘だ」

「違うな。もはや宗五郎親分が立ち会い、おめえから離縁状を貰い受けてのお駒さん

だ。そして、今宵は親子二人の新たな旅立ちだ。おめえも一人前の大人ならば、遠くからそっと祝ってやりねえ」

「いやだ、おれはお駒とおかなとやり直す」

「無理だな。もはやお駒さんは他人の女房になる身だ」

竹之助は視線を日本橋川の水面にちらりと向けた。嫁入り舟が橋の下へと接近してきた。

亮吉が日本橋の上を見た。

色鮮やかな紙吹雪《ふぶき》が落ちてきた。豊島屋の馴染み客やお菊、そして、金座裏の手先見習いの弥一たちが昨夜の内に拵《こしら》えて竹笊《たけざる》に入れ、撒《ま》き散らしているのだ。

日本橋に嫁入り舟を祝う歓声が響きわたった。

亮吉の眼が竹之助に向けられた。その背後には八百亀と常丸がいた。

ぎゃっ！

と叫んだ竹之助が油の入った樽を欄干から突き出し、提灯の灯りに振りまこうとした。だが、左右から二人の手先が竹之助の腕《かいな》を抱え込んで、

「今さらじたばたするねえ」

という八百亀の啖呵が飛び、常丸が木樽をもぎ取った。それでも暴れる竹之助を八

百亀が足を絡めて橋上に転がすと片膝でぐいっと背中を抑え込んだ。
その耳に彦四郎の歌声が響いてきた。
「ははあー　めでたやなめでたやな
新造舟に揺られて日本橋くぐる、
愛《いと》し嫁ごの、嫁入り舟よ、
おかなを伴い、お駒がよー
彦四郎の下へと嫁にくるよ
めでたやな、めでたやなー」
最後のめでたやなは、亮吉も加わり、和す歌声が八百亀の耳に届いた。
風に吹かれた紙吹雪が八百亀と竹之助の体にまで舞い落ちてきて、髷に張り付いた。
八百亀の脳裏に紙吹雪が舞う水面に一石橋へと進む嫁入り舟の光景が、お駒の緊張と彦四郎の幸せな表情が浮かんだ。
八百亀の膝で橋板に抑えつけられた竹之助の口から嗚咽《おえつ》が洩れてきた。膝を緩めた八百亀はその場に胡坐《あぐら》をかくと竹之助を引き起こした。二人の男が日本橋の欄干の傍《かたわ》らに向き合って座った。男の一人は泣き叫び、もう一人が睨んでいた。
往来の人々がちらりちらりと見ながら通り過ぎた。

「竹之助、おめえには諦《あきら》めるしか途《みち》は残されてねえんだよ。おめえが立ち直るのはそれしかねえ。どうだ、この日本橋の上で、もうお駒とおかなにはなにもしませんとおれに約定《やくじょう》するか。するならば、おめえがやろうとしたことを見逃してやろうじゃねえか。だが、これ以上、二人の親子に纏《まと》わりつくならば金座裏が許さない。おれが必ず小伝馬町の牢屋敷にぶちこんでやる」

嗚咽がむせび泣きに変わり、がくがくと竹之助が頷いた。

「八百亀の兄さん、おれが木挽町まで送っていくよ」

「そうしてくれるか」

常丸に連れられた竹之助が雑踏の中に悄然《しょうぜん》と肩を落として消えた。

八百亀は一石橋の方向を見たが、もはや嫁入り舟の姿はなかった。

第五話　駕籠屋の危難

一

彦四郎《ひこしろう》は普段とは違う感じで目を覚ました。なぜか体が強張《こわば》っていた。

すでに格子窓の向こうに朝の気配があった。

棟割《むねわ》り長屋の九尺二間の二つをつなげ、奥の台所や竈《かまど》に土間を取り去り、畳敷き六畳間に改めた。ために彦四郎の住まいは六畳、四畳半二間に板の間と台所があった。

彦四郎とお駒《こま》とおかなの寝間は模様替えした六畳で、壁を抜いた四畳半との間に障子が入れられた。綱定の長屋の木戸口に近い端が新居だ、ために三方に格子窓や障子があって朝の微《かす》かな光が感じられた。

ふと気付いて彦四郎は傍らを眺めた。隣りでおかながすやすやと眠りに就いていた。

（そうか、体が強張っているのはおかなを気にしたせいか）

ふっふっふふ、と独り微笑《ほほえ》んだ彦四郎は、大きな指を差し伸べておかなの頬《ほお》を触っ

た。

（おれの子だ）

むにゃむにゃとおかなが声を漏らし、その向こうから、

「彦四郎さん、起きたの」

お駒が顔を上げた。夫婦になって初めての朝を迎えるお駒にはうっすらと寝化粧があった。

「そっちにいっていいか」

お駒は黙ってなにも答えなかった。

彦四郎は夜具《やぐ》を蹴《け》り飛ばしておかなの足元を廻《まわ》り、お駒の傍らに大きな体を横たえた。

「船頭の朝は早いんでな、癖でな、つい目を覚ました。親方に今日だけは休んでいいって許しをもらっていたんだがな」

「昨晩は遅かったものね。おっ母さんたち、無事に亀戸天神に戻れたかしら」

「時次《ときじ》兄いが舟で送っていったんだ、心配はないよ。兄いは酒を飲まないからね。安心していいぜ」

「和《なご》やかな祝言だったわ」

「ああ、皆が喜んでくれた。このことが大事なんだ」

頷《うなず》いたお駒がなにか言いかけて止めた。

「どうした、おれたち夫婦だぜ。遠慮はいらねえよ」

頷いたお駒だが、それでも迷う風情があった。

「いいなよ」

「彦四郎さんに謝りたいの」

「なにをいまさら詫《わ》びるというんだ」

「私、再婚の上に子持ちよ。彦四郎さん、それでもいいのね」

「なんだ、そんなことか。おりゃ、出会ったときからお駒とおかなに惚《ほ》れたんだ。この親子と一緒に暮らしたいと思ったんだ。あんときよ、亭主がいるなんて考えもしなかったんだ」

「私はおかなを連れて木挽《こびき》町を出てきたばかり、亀戸の家に戻ったら木挽町に戻れと家族に言われそうで胸が張り裂けそうだったの。そのとき、彦四郎さんが舟に乗りませんかって声をかけてくれたの」

「なにか事情があるとは思ったさ。だけどよ、嫁いだ先をおん出てきたところだなんて夢にも考えなかったぜ」

「彦四郎さんに出会わなければ親子で大川に身を投げていたかもしれないわ」

「じょ、冗談じゃないぜ」

「ほんとうよ。それを彦四郎さんのひと声で救われ、金座裏《きんざうら》の親分さんが木挽町と話を付けて下さった」

「金座裏の九代目が乗り出したんだ。木挽町にぐだぐだ言わせるものか」

彦四郎もお駒も竹之助《たけのすけ》がお駒に未練を残し、よからぬ企《くわだ》てを試みようとしたことを知らなかった。昨夕、常丸《つねまる》が竹之助を木挽町まで送っていき、父親である吉川長右衛門《よしかわちようえもん》親方に倅《せがれ》がやろうとした企《たくら》みを話すと、

「二度同じようなことを行うならば、小伝馬《こでんま》町の牢屋敷にぶち込む。それだけじゃないぜ、おまえさん方だって木挽町に住み続けての商いはできなくなるぜ。こいつはおれの意向じゃねえ、金座裏の親分の考えだ」

と厳しく宗五郎《そうごろう》の名まで持ち出して注意してきたのだ。

「彦四郎さん、こんな私でいいのね」

「お駒、もう二度とそのことは口にするな。おれはおかなを抱えたお駒って女に惚れたんだ」

彦四郎は大きな腕の中にお駒の娘々した体を抱きしめた。

「おりゃ、お駒が好きだ。そのことを親方や仲間たちや金座裏が祝ってくれたんだ。それ以上のことがあるか。お互いにな、昔のことをうだうだ言うのはよそう、口にしたところでいいことなんぞはなにもねえ。おれたち三人でよ、これから新しい暮らしを重ねていくのが大事なんだ」

「はい」

彦四郎はお駒を抱えて胸にのせた。

「あれっ」

「お駒、いい匂《にお》いだ、これがお駒の匂いか」

彦四郎はお駒の寝巻の襟《えり》の合わせに顔を突っ込み、白い胸に寄せた。そして、昨夜、床入りの折に重ね合った、お駒の感触を思い出していた。

「彦四郎さん」

とお駒が名を呼んだ。

「どうした、おれたち、夫婦だぜ」

「おかなが」

「なにっ、おかなが」

彦四郎が顔を向けるとおかなが目を覚まして、二人を見ていた。

「おかな、おれたちの仲を妬《や》いたのか」

「おしめが濡《ぬ》れたんだと思うわ」

「くそ、おかなのせいで今日の夜までおまえのおっ母さんを抱くのはお預けだぞ。よし、おれがおしめを替えてやろう」

彦四郎がお駒の体を下ろすと、

「だめよ、女の務めよ。彦四郎さんは綱定《つなさだ》に顔を出して昨夜のお礼を、親方、女将《おかみ》さんを始め、お仲間衆に申し上げて」

「親方が今日一日は休んでいいって言ったんだぜ」

「最初が肝心なの。綱定の手が足りなきゃあ、仕事をしたっていいのよ。私たち、いっしょにこれからずっと過ごすんだから」

「そうだよな、ずっといっしょだよな」

「次の間に彦四郎さんの仕事着が用意してあるわ」

障子を開くと四畳半の隅に彦四郎の真新しい仕事着と綱定の名入りの法被《はっぴ》が用意されてあった。

「彦四郎さん、朝ごはん用意してなくてご免なさいね。明日から必ずするから」

「祝言の次の朝だぜ。朝飯は綱定で食べるから心配するねえ」

彦四郎は寝巻を脱ぎ捨てると仕事着に着替え、帯を締めると、

（おりゃ、今日から一家の主《あるじ》だ）

と新たな気持ちが胸の底からふつふつと湧《わ》いてきた。

「行ってくるぜ」

おしめを取り替えたのか、お駒がおかなを抱いて姿を見せた。

「おかな、お父っつあんが仕事に出かけるのよ」

お駒がおかなに言い、彦四郎がすべすべと柔らかいおかなの頬を指先で触って、

「お駒、差配の仕事が分からなきゃあ、女将さんに聞くんだぞ」

「大丈夫よ。あとで長屋の方々に挨拶《あいさつ》に回る」

「そうしてくんな」

「おまえさん、手拭《てぬぐ》いを」

お駒が真新しい手拭いを差し出した。

彦四郎は草履を突っ掛けると長屋の井戸端に行った。

刻限は六つ過ぎか。

井戸端では通いの筆職人の圭造《けいぞう》が顔を洗っていた。老練な職人で五十前、綱定の借

家に二十数年来の住人だ。

「彦さんか、昨晩は祝言だってな、おめでとうよ」

「圭造さん、あとでお駒さんが、いや、かみさんに挨拶に伺わせる。宜《よろ》しく頼みますぜ」

「こっちこそお付き合いよろしくな」

と答えた圭造が釣瓶《つるべ》で彦四郎に新しい水を汲《く》んでくれ、

「嫁さんは子持ちだってな」

「嫁は子連れで出戻りだ」

「彦さんらしいぜ。ちらりと花嫁さんの白無垢《しろむく》姿を見たがよ、とても子供を産んだとは思えないほどの娘みてえな女子《おなご》じゃねえか。彦さんが惚れるのも無理はねえや、なんたって愛らしいや」

「だろう」

「そう素直に返事をされると二の句が継げないね」

圭造が呆《あき》れ顔で長屋に戻っていった。

彦四郎は顔を洗い、ついでに髪を水で撫《な》でつけて整えると長屋の木戸を出て、綱定の裏口から入り、台所に面《つら》を出した。すると昨日まで一緒に暮らしていた住み込み仲

間が朝餉《あさげ》の膳を前にしていた。

「なんだ、今日は休みじゃねえのか」

とか
「どうだい、こぶつきの嫁さんが傍らにいる暮らしはよ」

と聞いてきた。

「これ以上の幸せはねえな。おりゃ、木挽町河岸ででっけえ宝もんを拾ったよ」

「そう正面きって応《こた》えられると返す言葉がねえぜ」

と仲間の時次が答え、

「お駒さんの家族はちゃんと亀戸天神まで送っていったぜ」

「兄さん、すまねえ。安心したぜ」

彦四郎が答えたところにおふじが姿を見せた。

「おや、今日は休むんじゃなかったの」

「お駒がさ、最初が肝心だから親方や女将さん、仲間にちゃんと礼を言ってこいとさ。

女将さん、ご一統さん、有り難うござんした」

彦四郎がでかい体を二つに折って礼を述べた。

「もうお駒さんの尻に敷かれたかえ、敷かれ心地はどうだえ」

「へっへっへ、悪くねえ」

「気持ちが悪いよ、彦四郎の薄笑いは。それにしてもいい祝言だったよ、わたしゃ、なんだか倅に嫁を貰《もら》ったようで涙が止まらなくてさ、困ったよ」

「ふーん、すると嫁がきていきなり孫が出来た感じかえ、女将さん」

「ああ、そんな感じかね。彦四郎、どうしている、おかなちゃんは」

「最前おしめをよ、代えられて上機嫌で見送ってくれたよ。おりゃ、今日から仕事をする、親方に願ってくれないか」

「彦四郎、おまえが直《じか》にいいな。わたしゃ、おかなちゃんの顔を見てくるよ」

「おかみさんよ、孫におかなちゃんはおかしいぜ」

と住み込み船頭の峯弥《みねや》が言う。

「おかなって呼び捨てかい、お駒さんが気にしないかね」

「そのお駒さんもおかしいや。嫁か孫か知らないが、おれたちはよ、綱定一家だもんな」

住み込み船頭の兄い格の時次が言い、彦四郎もうんうんと頷いた。

「お駒は今日から差配の見習いをやるっていっていたぜ。すまねえが、なんでも教えてくれませんか」

「住人のほうが心得ているよ。ゆっくりと仕事を覚えることだね」

おふじは台所で彦四郎の膳をいつものように用意した。

「おかみさん、明日からおりゃ、長屋で朝飯も食うよ」

「でかい体が一ついなくなると思うと寂しいけどね」

なんとなくいつもとは違う船宿綱定の朝が始まった。


金座裏でも住み込みの手先たちが家の内外や町内の掃除を終え、若親分の命《めい》で庭に集められた。

この数年、政次《せいじ》は赤坂田町《たまち》の直心影《じきしんかげ》流の神谷《かみや》丈右衛門《じょうえもん》道場に朝稽古《げいこ》に通ってきた。だが、九代目宗五郎から十代目の政次に捕物や探索が少しずつ移ってきて、朝稽古になかなか通えない日々が続いていた。

そこで政次は赤坂田町の稽古を少なくして、その代わり金座裏の庭で住み込みの手先たちといっしょに捕物の稽古をして汗をかくことにした。

常丸や亮吉《りょうきち》以下、見習いの弥一《やいち》までもがまず木刀の素振りの形稽古から始めた。ふだんやり慣れない動きだ。

「おい、木刀を振り回すのも楽じゃねえな。腰がふらついてよ、なんだか、変だぜ」

「亮吉、そう跳ねまわって木刀を振り回すんじゃないよ、危なくてしようがねえ」

「常丸兄さん、そうは言っても木刀に振り回されて、どうにもおれの考えどおりにならねえや。おれたち、侍じゃねえものな」

亮吉がぼやいた。

「止《や》め」

と様子を見ていた政次から声がかかり、常丸ら五人が動きを止めた。

「亮吉のいうとおり、金座裏の手先が木刀の素振りはおかしゅうございましょう。ですが、木刀の素振りを繰り返すと足腰が鍛えられ、体の芯《しん》がぴーんと通って隙《すき》がなくなり、動きに余裕がでます。ゆえに木刀の稽古をやらせたんです。よいですか、素振りはこうです」

政次が定寸の三尺三寸（約一メートル）の枇杷《びわ》材の木刀を正眼《せいがん》に構え、上段に振り上げ、踏み込みつつ、木刀を振り下ろすと、
びゅん
と空気を切り裂く音がした。そして、後退して元の位置に戻り、正眼の構えに戻すと最前の素振りを繰り返した。

政次の動きにはどこにも無駄がなく流れる水のようで、腰が一定の高さに安定して

前後した。

「若親分の域に達するにはよ、おれたちも赤坂田町まで通わなきゃならないかね。朝掃除どころじゃなくなるぜ」

と亮吉が言った。

「急な御用のとき、うちの応対がさ、遅れないかね」

左官の広吉《こうきち》が心配げに言った。

そんな様子を居間から宗五郎がにやにや笑いながら見ていた。縁側から菊小僧《きくこぞう》も初めての稽古光景を珍しげに眺めている。

「菊や」

おみつの声がして餌《えさ》を運んできて、菊小僧が伸びをしながら立ち上がり、おみつの裾《すそ》にじゃれて甘えた。

縁側に餌が置かれて菊小僧が餌に顔を突っ込んだ。

「政次、朝っぱらから亮吉たちに奇妙な声を出させて木刀振り回しちゃ、近所迷惑だよ。だいいちさ、亮吉たちの間抜けな気合にしほが急に産気づいたらどうするのさ」

「おっ養母《か》さん、庭での朝稽古は駄目ですかね」

「うちは御用聞きだよ。とはいえ、このご時世、凶悪な押込み強盗が昔よりずいぶん

と多くなっているからね、たしかに手先も武術の心得の一つもなきゃ、相手を取り押さえることもできないよ。だからといって、毎朝、剣術の稽古《やっとう》はね」

　おみつが政次の考えに疑問を呈した。

「内藤新宿で手先が二人捕物の最中に大怪我《けが》を負って、一人は亡くなったそうだな。うちでも手先一人ひとりが護身術の一つも身につけてねえと、命を落としかねねえ」

「親分、若親分のようにさ、神谷道場に入門かえ」

「亮吉兄さん、赤坂田町は遠いよ」

　亮吉の言葉に弥一が応じた。

「政次、おめえの考えは悪くはねえ。だが、うちでやるには無理がありそうだ」

「親分、なにか知恵がありそうだな」

　亮吉が木刀を下げて聞いた。

「そうだな、武術の稽古には場というものがあらあ。それにしてもうちの稼業じゃ決まった日にち刻限に通うことなどできねえ相談だ。空いた刻《とき》にさ、すうっと行ける道場が近間にあるんじゃねえか、政次」

「親分、うっかりしていました。永塚小夜《ながつかさよ》様の道場にお願いすればよいことでした。小夜様は小太刀《こだち》の名手、十手《じって》の使い方に大いに参考になりましょうし、あそこなれば

稽古相手に困ることはございますまい」

「そういうことだ」

「本日、町廻りの途中に小夜様の道場に寄って、うちの連中を受け入れてくれるかどうかお願いしてみます」

「そのほうがよさそうだな」

と宗五郎が言い、

「よし、井戸端で足を洗って朝飯だ」

と亮吉がほっとした声を漏らした。

かくして政次の思い付きは一日で終わった。

「亮吉、小夜様から許しを得られたら、せめて三日に一度は通うように努力して下さいよ。必ず捕物の場で役に立ちますからね」

「あいよ、任しておきなって。若親分も通うかえ」

「赤坂田町にはこれからも暇を見つけて通います。ですが、普段の稽古は永塚小夜様の道場で出来ればさらに言うことはございません」

と政次が答えたところに、

「朝餉の仕度ができたよ」

とおみつの声がした。

二

政次と亮吉は青物市場《やっちゃば》に近い永塚小夜道場を訪ねた。
道場では小夜が武家や町人が半々ほどの門弟衆を指導していた。女道場主という人気もあって和やかな雰囲気だ。と同時に小夜が目を光らせて緊張を欠いた門弟の言動を厳しく注意し、狭い道場内にぴりりとした規律が支配していることもたしかだった。
政次らは道場の片隅に座して稽古が一段落つくのを待った。
小夜は政次らが訪ねてきたことに直ぐに気付いていたが、稽古の指導を急に中断するようなことはしなかった。門弟たちのほうは訪問者に気付いた者は少なかった。
その時、小夜は大名家辺りの家来と思える門弟に稽古をつけていたが、その門弟は小夜の倍はあろうかという巨漢であった。腕も力もそれなりの自信があるようで長い竹刀《しない》を力強く振るって定寸より短い竹刀の小夜に挑みかかっていた。だが、無駄な力が入り過ぎて体の柔軟性を欠いていた。ために小夜は相手の動きを見切って、内懐《うちふところ》に、
するり
と入り込み、無益な動きの腕を、

びしり

と叩いては、欠点を指摘した。

無言で行われる指摘は永塚道場の仕来《しきた》りか、相手も直ぐに両肩を上げ下げしたり、腕を回して脱力すると小夜の教えに応えていた。

巨漢門弟の足がもつれてきたところで小夜が、

すいっ

と間合いをとって引き、相手も安堵の顔で下がった。

「隈村《くまむら》様、だいぶ体の動きが軽くなられました。稽古の賜物《たまもの》ですね」

「はっ、入門当初は直ぐに息が上がっておりましたが、だいぶ長続きするようになりました。ですが、体の動きがばらばらで己の体ではない感じにございます」

それでも隈村の顔には訝《いぶか》しさが残っていた。

「稽古を重ねれば動きもしなやかになります。隈村様、女子の私が教える小太刀は未《いま》だ慣れませぬか」

「永塚先生を女子と意識せぬように努力はしておるのですが、やはり向き合うとつい踏み込みが浅くなるようです」

「手加減なさっておられるのですね」

「そのようなことはございませんぞ、手加減など考える余裕はございません。入門の日にこっぴどく永塚先生に叩きのめされた出来事は忘れようにも忘れることができませんでな」

　小夜が政次を見た。

「若親分、本日は御用にございますか」

「いえ、いささか小夜様にお願いがございまして伺いました」

「ならばあちらに」

　控え部屋に政次らを案内しようとした。

「小夜先生、本日は入門のお願いにございます」

「入門と申されますとどなたが」

　小夜が訝しげに政次を見た。

　政次が赤坂田町の直心影流神谷丈右衛門道場の門弟と承知していたからだ。

　政次が経緯を告げた。

「おや、お手先衆が小太刀の稽古を始められますか」

「ご存じのように私どもの御用は危険と隣り合わせにございます。捕物術は一応心得ておりますが、やはり日頃の鍛錬が大事かと思い、金座裏の庭で稽古を始めたのです

が、おっ養母さんから近所迷惑だからと一日で禁じられました。御用多忙な折はこちらに通うことはできませんが、暇を見つけて若い連中を稽古に通わせます」

「若親分は赤坂田町ですね」

「小夜様、九代目の肩代わりを務めるようになって毎朝、赤坂田町まで通うのは無理になりました。神谷道場に通えぬ日は私もこちらにお邪魔します。ご迷惑にございましょうか」

「大歓迎にございます」

小夜は政次らが稽古に通うことを許した。その上で隈村を見て、

「隈村様、金座裏の十代目がかようにお見えになったのです。女子の私では物足りない顔をしておられます。どうです、折角《せっかく》ですから稽古をなされては」

「なに、金座裏の十代目とは御用聞きか」

隈村は江戸には慣れぬ風で首を捻《ひね》った。

「はい。若親分は直心影流道場の門弟にございます」

「ならばぜひお相手願いたい」

隈村が張り切った。

「若親分、ご迷惑ですか」

「いえ、かようななりでよければ」

政次が羽織を脱いで立ち上がった。すると顔見知りの青物市場の男衆が、

「若親分は長い竹刀がいいかえ」

と壁にかけられた竹刀から一本を選んでくれようとした。

「定寸の竹刀をお借りします」

「あいよ」

町人門弟が三尺三寸の竹刀を選んで政次に渡してくれた。

突然の対決に門弟たちが稽古を中断し、壁際に下がると見物に回った。

「今朝、おっ養母さんに稽古を途中で止められて、汗をかき損ねました。小夜様、有り難い機会を頂戴しました」

「隈村兵庫《ひょうご》様は伊勢津藩藤堂《とうどう》様のご家臣にて新陰《しんかげ》流を長年修行なされて、目録のお腕前にございます」

「いや、この数年御用繁多《はんた》の上にこたび江戸勤番を命じられ、稽古を怠《おこた》っておったでな、体は動かず腕は錆《さび》ついておる」

と謙遜《けんそん》した。だが、町人相手なればという自信も窺《うかが》えた。

「隈村様、お手柔らかに」

「こちらこそ願う」

二人が目礼し合って互いに正眼に構え合った。

うむ
と隈村の表情が変わった。町人の剣術好き程度に考えていた政次の正眼の構えが、
ぴたり
として決まっていたからだ。

「流儀は直心影流じゃな」

隈村兵庫が構えた竹刀を下げて、訝しい表情で尋ねた。

「御用の合間に道場の隅で棒振りを教えてもらった程度にございます」

「棒振りでその構えが修得できるものか。師匠はだれか」

「神谷丈右衛門様と仰《おっしゃ》います」

「なにっ、そなた、神谷先生の門弟か」

隈村は神谷丈右衛門の武名を承知していた。

「よし」

と気合いを入れ直した隈村が、再び正眼にとった。

相正眼、互いの竹刀先の二尺ほどだ。

隈村が政次の眼を見て、動きを悟ろうと試みた。だが、政次の両眼はぴたりと隈村の眼下を見て、動かない。
春風に吹かれる野地蔵のごとく、その場に溶け込んで何十年と存在する、そんな自然体だった。
隈村の顔が紅潮し、
ええっ
と気合いを発すると同時に踏み込んできた。
身丈は政次とほぼ同じか、六尺を越えていた。だが、体は政次の重さの三、四割ほど増しの巨漢だった。その大きな体が政次に伸《の》し掛かるように迫り、
「面！」
と宣告した。
政次は隈村を引き付けるだけ引き付けて、懸河《けんが》の勢いで落ちてきた竹刀を弾《はじ》いた。
すると竹刀に力が加わり過ぎていたせいで、隈村の巨体が横手に傾き、
ごろり
と床に転がった。
「おっ」

と漏らして立ち上がろうとしたが、腰がよろめいて床に座り込んだ。

「永塚先生、若親分とは何者じゃ」

と首を傾《かし》げる隈村に、笑みを浮かべた小夜が、

「隈村様、江戸にもう少しお慣れになると金座裏がどのような御用聞きか、十代目の若親分が何者か、お分かりになられましょう」

と応じたものだ。


政次と亮吉が金座裏に戻ってみると格子戸の前をお喋《しゃべ》り駕籠《かご》屋《や》の兄弟がうろうろと行ったり来たりしていた。なにか用事があるのか、それでも格子戸を開けるのを躊躇《ためら》う様子であった。

「よう、お喋り駕籠屋、どうしたえ、えらく意気消沈しているじゃねえか。駕籠八から追い出されてよ、金座裏の下男にでも雇ってもらう算段で訪ねてきたのか」

亮吉がわざと挑発するような口調で言った。疲れ切った顔からもなにか悩みを抱えているのは分かっていたからだ。亮吉としては空元気でも出してもらおうとの魂胆だった。

繁三《しげぞう》がぎくりとして亮吉を振り返り、

「ああ、政次さんに亮吉か」

とどことなく安堵《あんど》の表情を見せて、溜息《ためいき》を吐《つ》いた。兄の梅吉《うめきち》は普段に増して口をかたく閉ざし、顔を伏せた。

「どうしなさった、相談事ならばなんでも応じますよ。私どもは長年のお付き合いですからね」

政次が言い、亮吉に目で合図した。亮吉が心得て格子戸を開いたが、兄弟は尻込《しりご》みしたように兄弟で顔を見合わせただけだ。

「どうした、兄弟。若親分もああ言いなさっているんだ。おれたちが頼りにならねえか」

「違わえ」

と力なく呟《つぶや》いた繁三が、

「助けてくれるか」

と伏し目で願った。

「入りねえ、物事はそれからだ」

亮吉がなんとか兄弟を誘い込んだ。

政次が最後に格子戸を跨《また》ぎ、ともかく兄弟駕籠屋を玄関から広土間に入れた。

「ふっふっふ」

板の間の上がり框《がまち》にいた八百亀《やおかめ》が笑い、

「最前から、さていつ呼び込んだものかと、迷っていたところだ。ちょうどいい具合に若親分と亮吉が戻ってきて捉《つか》まったようだな」

と繁三と梅吉兄弟に話しかけた。

「八百亀の兄さん、この二人、長いこと格子戸の前をうろついていたんですか」

「四半刻は右に行ったり左に戻ったりしていましたかね。ああ、二人が迷うのを見るのは初めてだ。また女に騙《だま》されて虎の子をすべて吐き出したんじゃねえかと推量していたんですがね」

と八百亀が言い、

「違わい」

と力なく梅吉が応じた。

「おや、外れたか。まあ、座りねえ、茶でも淹《い》れよう。ああ、うろうろしちゃ、喉《のど》も渇いたろう」

八百亀が言ったとき、台所からしほが茶を運んできた。茶碗が二つ載っていた。

「まずお客の繁三さんと梅吉さんの分ね」

「おや、しほも兄弟が相談に来るのを承知でしたか」

「最前、桜川《さくらがわ》先生のところに行ったの。その帰りにお二人がうちの戸口におられたんで声をかけようとしたんだけど、なんとなく女の私が声をかけたら、悪いんじゃないかと思って裏口から入ったの。政次さんと亮吉さんに誘い込まれたの」

「まあ、そんなわけです」

八百亀がお腹の大きなしほを座らせないようにお盆を貰い、

「繁三さん、梅吉さん、茶を飲んでさ、気持ちを鎮めねえな。それで相談に乗ろうじゃないか」

と笑いかけ、兄弟が頷くと上がり框に腰を落として茶碗に手を伸ばした。

政次は板の間に上がり、亮吉は広土間の大火鉢の傍らにある腰かけに座って兄弟駕籠屋を見た。

「繁三さん、相談事をあてててみましょうか」

いったん奥に戻りかけたしほが振り返ると言った。

「おや、しほが私たちのお株を奪いますか」

「そんなわけじゃないけど、先生のところで近頃駕籠に乗った客が強盗に変じて売り上げ金を奪っていく悪さが深川本所界隈に頻発していると噂話を聞かされていたの。

それでひょっとしたらと思っただけよ」

しほの言葉に繁三が茶碗を持ったまま、ぴょんと立ち上がり、がくがくとしほに頷いた。

「しほの勘が当たりましたか、繁三さん」

「そのとおりなんだよ、若親分、おれたち、駕籠まで奪われちゃってよ、武吉《ぶきち》兄いと信太郎《しんたろう》兄いにこっぴどく叱《しか》られたんだ」

意気消沈したままの繁三が応じた。

「よし、しほさんが話のとば口を開いてくれた。まあ、兄いにどやされた仔細《しさい》を話してみねえ」

「おれたちが長年駕籠八から駕籠を一日なんぼで借りうけてよ、商売しているのは皆承知だな」

八百亀が話の進行方に回り、繁三が喋り出した。

「ああ、一日の駕籠の借り賃がいくらかも承知だ」

と八百亀。それに頷いた繁三が、

「おれたちがいつも借りる駕籠がだいぶ傷《いた》んでよ、直しに駕籠造りのところに出されてよ、そんな駕籠がいくつも重なったもんだからよ、おれっちが駕籠八に面を出した

ときには備えの駕籠まで仲間に借り受けられちまってよ。昨日、仕事にあぶれそうになったんだ」

「繁三の野郎が厠《かわや》で長居するもんだからよ、ああなっちまったんだよ」

口の重い兄貴の梅吉が呟いた。それをちらりと見た繁三が、

「おれがひょいと店の奥を見ると一挺《ちょう》駕籠が残っているじゃねえか。武吉兄さんと信太郎兄さんの花駕籠なんだよ」

「おめえら、武吉と信太郎の花駕籠を借りたか」

まずいなって顔で八百亀が兄弟を見た。

駕籠八の古株の武吉と信太郎の駕籠は個人の持ち物で、その上、いささか変わった造りだった。

「八百亀の、そうなんだよ。駕籠八の番頭さんはしぶったがよ、こっちは日銭稼ぎだ、なんとしても仕事はしてえや。そんで法事でよ、仕事を休んでいる二人の花駕籠を強引に借り受けたんだよ」

「花駕籠はおめえらに説明するまでもないが武吉と信太郎の持ち駕籠の上、絹の座布団から駕籠の内外まで造りに凝った上に、色紙で造った季節の花を飾り立てた江戸一番の名物駕籠だぜ」

「おれ、一度でいいから兄いたちの花駕籠で商売をしたかったんだ」

「繁三さんよ、そいつが裏目に出たか。まさかそいつにしほさんの聞き込んできた強盗野郎を乗せたんじゃないよな」

「それが乗せたんだ、八百亀の兄い」

梅吉がぼそりと答えた。

「旧吉原の玄冶店《げんやだな》の路地からふらりと着流し、総髪《そうはつ》の浪人が出てきてよ、花駕籠を見て、迷った風を見せるでもなく乗ってくれたんだ。夕暮れ時のことでよ、溜池《ためいけ》の葵坂《あおい》の馬場まで一朱でいけってんだ。悪い話じゃなし、おれたちは張り切って葵坂の馬場まで乗せていったんだ。六つ半時分かね、日は暮れていたが、人通りはあった。そしたらよ、そいつが、考えが変わった、九段坂上の弓稽古場に行き先を変えたと言いやがってよ、賃料の交渉のし直しだ。おれたちは花駕籠でもあるしよ、一分とふっかけたんだが、相手は二朱しか出せねえと言いやがる。それでも致し方ねえや、御城の周りをひと巡りして、九段坂上の弓の稽古場裏まで辿《たど》りついたとき、もはや宵闇《よいやみ》の五つ過ぎかね、花駕籠は飾りのあるぶん、並みの辻《つじ》駕籠より重いんだ。足は棒のようになって辿りついてさ、おれたち兄弟はふらふらさ。客が草履を履いて、財布でも出す振りをしたと思いねえな。そんとき、野郎がだんびら抜いてよ、おれの首筋にぴたりと

つけて、売り上げを出せと言いやがったんだ」

「そやつが川向こうで頻発する駕籠強盗かね」

と八百亀が首を捻った。

「そんなこと知らねえよ。花駕籠で稼いだ一分二朱と釣り銭までそっくりと奪うと、おれたちに去《い》ね、と命じやがった。仕方ねえや、運が悪かったと思いながら花駕籠を担ごうとしたらよ、そいつが花駕籠を置いていけってんだよ。こりゃ、おれたちの持ちもんじゃねえ、これだけは手をつけねえでくれって、必死で頼んだがよ、刃突きつけてよ、命が惜しくねえかと言いやがった。そいつの顔がまた凄《すご》みがあってよ、おっかねえんだよ。そんで兄貴と顔を見合わせ、命あっての物だねとよ、いったんその場を離れたんだよ。だってよ、花駕籠だけでも取り返せないと大損だものな、兄いたちが凝りに凝って造った花駕籠だ、かかった銭もさることながら、大事にしている武吉兄いの持ちもんを奪われたじゃすまねえもの」

「だが、九段坂上の弓場裏に戻ってみたが花駕籠も消えていた」

「そういうわけだ、八百亀の兄い」

「辺りは捜したな」

「探したぜ、必死になってよ。だが、一晩じゅう探し回り、朝になってもあの界隈の

どこにも転がってないんだよ。そんで兄貴と話していったん駕籠八に戻ったよ、そしたらよ、駕籠八の番頭と武吉兄いと信太郎兄いがすげえ形相《ぎょうそう》で待っていてよ、いきなり頬べたを張り飛ばされた上に、おれっちの駕籠はどうしたって、怒鳴られたんだよ」

「説明したか」

「繁三が言わねえもんで、おれが話したら、息杖《いきづえ》を振り上げておれたちに殴りかかろうとしたのを番頭が必死で止めてよ、おまえらは金座裏と親しいといつも自慢しているじゃないか。金座裏に願って三日のうちに花駕籠を探し出せと武吉兄いに厳しく命じられたんだよ」

兄貴の梅吉が話を締め括《くく》った。

「およその様子は分かりました」

政次が穏やかに応えた。

「若親分、三日内に花駕籠が見つかるかね」

「さあて、確約はできません。ですが、金座裏はただ今手隙《てすき》です、手先衆と下っ引きをすべて動かせます」

と答えた政次が、

「その者の人相や体付きは覚えてますか」

「一刻半（約三時間）も付き合ったんだ、おぼえているとも。忘れるもんか」

と繁三が答え、しほ、と政次が奥に声をかけ金座裏の女絵師を呼んだ。

三

元飯田町《もといいだまち》は武家地に囲まれるようにして坂道沿いにある。この坂道を飯田坂または九段坂と呼ぶ。九段坂の名は九段に造成して家をつくったことが由来という。ただ今の九段坂よりかなり急な坂道で坂上からなかなかの景観が広がり、月見の名所として知られていた。

繁三と梅吉が売上金と花駕籠を奪われた九段坂上の弓稽古場は、九段坂の西側にあり、御城を囲むように造られた火除明地《ひよけあきち》の一つでもあった。ために昼間は人の往来はあったが、夜は森閑として人の往来も滅多にない。

政次らは繁三と梅吉を伴い、御城を東から南、さらに西へと一周するように九段坂上に辿りついた。わざわざ御城を一周したのは、客が心変わりをしたという溜池の武家地に立ち寄るためだった。なぜ、溜池で心変わりしたか知りたかったからだ。そして、最後に強盗に変じたという弓稽古場の南側に到着した。

御堀の向こうに御三卿《ごさんきょう》の田安《たやす》家と清水《しみず》家の屋敷の屋根が木々の間から見えて、昼間とて人の往来はそう多くはない。

「繁三さんよ、梅吉さんよ、玄治店からはるばるとこんな武家地に着流しの浪人者が駕籠に乗るなんて怪しいと思わなかったのか」

「亮吉、そいつの行き先は最初溜池止まりだったんだよ、昨夜から何べん御城の周りをほっつき歩いたか知れねえや」

「だから、行先を変えたときにわっしらはこれで、と断りゃこんな様にはならなかったと言っているんだよ」

「亮吉」

と手先の言葉を政次が咎《とが》めた。

「あとでならどのような考えも浮かびます。すでに繁三さん方はかような目に遭っておられるのです。詮索《せんさく》するのはなぜかような場所に花駕籠を誘いこんで、売上金ばかりか花駕籠まで奪いとっていったかです」

「若親分、すまねえ。いかにもそうだった」

と政次に応じた亮吉が、

「だがよ、お喋り駕籠屋をここに連れてきたのは人通りが少ないのを承知していたん

じゃないのかえ」

「いかにもさようでしょう。ですが、花駕籠は独りで運びますまい」

「若親分、武吉兄いたちがよ、凝りに凝って誂《あつら》えたからよ、並みの辻駕籠の倍ほどの重さがあるぜ。おれたち二人でも難儀したくらいだ。一人で運べるものか」

「となると仲間がこの辺に待ち受けていたとは考えられませんか。繁三さん方はその者に去《い》ね、と脅されてこの場から逃げ出し、また花駕籠だけでも取り戻そうとここに戻ったのはだいぶ刻限が過ぎてからでしたか」

「いや、ほんの束《つか》の間《ま》のことだったな、兄貴」

「ああ、ちょんの間だった」

「とすると、この火除明地のどこかに仲間が控えていたとは思えませんか」

と政次が辺りを見回した。

「若親分、おれがねえ知恵を絞ったんだがね、言ってもいいか」

無口な梅吉が政次に言い、政次が頷くと、

「そいつさ、玄冶店でおれたちを呼び止めたと言ったね、おれさ、あいつ、おれたちが花駕籠でくるのを待ち受けていたんじゃないかと思うんだ」

「梅吉さんよ、ふだんはおめんちの駕籠じゃねえじゃねえか」

「亮吉、だから、あいつ、駕籠八からおれたちのあとを尾《つ》けてきてよ、空のところを玄治店で摑《つか》まえたんじゃねえかと思うんだ。だって、そうじゃねえか、わざわざ目立つ花駕籠を持っていくには理由がなきゃなるめえ。仲間だって、この界隈に待たせていたんだぜ」

梅吉の指摘はこの所業の核心をついていると政次は思った。

「梅吉さん、大いに参考に致します」

と答えた政次は辺りを見回した。

南は御堀で広大な御城があり、西側、東側ともに武家地が門を連ねていた。九段坂の途中から坂下にかけて、北側に元飯田町があった。

「武家地に花駕籠なんぞは持ち込めますまい」

常丸が若親分の考えを窺うように問うた。

「まず無理でしょうね」

「となると坂下で聞き込みを始めますかえ」

常丸は何事か考えがありそうな表情で聞いた。

「坂下には車の後押しがおりましたね」

「それだ、奴らの知恵を借りてみますか」

大八車は二輪の荷運搬車だ。人の八人分の働きをするというのでこの名が付いたが、荷を山積みにして二人から三人で引いた。だが、九段坂のような急な坂道では三人でも引き上げることはできない。そこで坂下に後押しがいて、坂上まで引き上げるのを手伝い、なにがしかの銭を稼いだ。

「後押しか、あいつら、あれこれと物を知ってるがよ、聞きかじった話を大仰《おおぎょう》に次の客に喋くるんだよ。おれたちの間抜けぶりが江戸じゅうに広がらないか」

繁三が案じた。

「お喋り、おめえ、武吉兄いの拳骨《げんこつ》が怖かないのか。しくじったのはおめえたちだ、そんなこと気にしてたんじゃあ、花駕籠を取り戻せないぜ」

亮吉に言われた繁三がなにか言いかけ、兄貴の梅吉に袖を引かれて、

「金座裏にお任せだ、弟」

と諭《さと》した。

一行は、九段坂を坂下に下った。すると急ぎの用事か、辻駕籠の棒端に綱を付けた駕籠引きが、たったたた、と坂道を走り登っていこうとした。その駕籠引きが繁三を見ると、

「おーい、繁三、えれえしくじりをしたってな、坂下じゃ評判だぜ」

と叫んで坂上に駆け上がっていった。

「ああ、もう噂になってやがる」

と繁三が肩を落とした。

「おい、お喋り」

政次の背中に隠れるようにして坂を下りてくる繁三を目ざとく見つけた車の後押しの一人が呼びかけた。

「箱十《はこじゅう》、頼むからおれたちのしくじりを忘れてくれねえか」

「今後、手伝い賃を倍払いするというならば、忘れようじゃねえか」

「倍払いだって、人の弱みに付け込みやがって」

繁三がぼやいた。

「話を承知なら手っ取り早いや。なんぞ噂を耳にしねえか」

亮吉が箱十と呼ばれた車の後押しに尋ねた。

「ご時世かね、おれっちの仲間の稼ぎを奪う騒ぎが続いてやがる、えれえ災難だ。なんとかしたいがさ、風体さえ分からねえや。お喋り、おめえら、そいつを花駕籠に乗せたんだろ。どんな奴だったえ」

車押し連中は繁三と梅吉が兄弟分の花駕籠を借り受けて難儀に遭ったことは承知の

ようだが、当然詳しい話は知らなかった。

「薄気味の悪い浪人者なんだよ」

「浪人者だと、そんな野郎、乗せなきゃあいいじゃねえか」

「亮吉と同じようなことを言いやがる。このご時世だ、客を選べるものか。九段坂上の弓稽古場で客がいきなり強盗に化けやがったんだよ」

「九段坂上とは聞いたが弓の稽古場か、夜なんぞ人の通りはねえぜ」

政次が後押しの連中にしほが繁三と梅吉の記憶を頼りに描いた人相書きを拡《ひろ》げて見せた。

黒絹の着流しに一本渋い朱鞘《しゅざや》の刀を落とし差しにして、その脇に三猿蒔絵《まきえ》印籠《いんろう》をぶらさげていた。総髪で頬が削《そ》げ、奥目は鋭く尖《とが》った眼光まで活写されていた。

全身の絵の脇に身丈五尺七、八寸、齢三十四、五。くぐもった低声、とあった。

この人相書きは兄弟の記憶からしほが巧みに引き出した結果だった。

「こいつが花駕籠強盗か、確かに薄気味悪いな。川向こうのはよ、浪人者とは聞いてねえがね。それにしてもよ、なんで坂上でよ、武吉兄いの花駕籠まで奪いやがったかねえ」

箱十が首を捻った。

「おれ、この印籠、どこかで見たことがあるんだがな」

と言い出したのは小柄な後押しだ。繁三が、

「金五郎《きんごろう》、でかした、どこのどいつだ」

といきなり首っ玉を摑み、揺すぶった。

「お、おしゃべり、苦しいよ。止めてくんな」

金五郎が繁三の手を必死で振りほどこうとして、

「繁三さん、落ち着くんだよ。あとは若親分に任せるんだ」

亮吉も繁三を金五郎から引き離した。

「くそっ、繁三め」

と首を撫でる金五郎が落ち着くのを政次は待った。そして、穏やかな声で尋ねた。

「金五郎さんと言いなさるか。この印籠をどこかで見かけたのは間違いございませんね」

「間違いねえ、だがよ、繁三の野郎が首っ玉を締めやがった途端、どこで見たんだか、頭の中から消えちまったよ」

ええっ、とこんどは繁三が悲鳴を上げた。

「おめえのせいなんだぞ、忘れちまったのはよ」

金五郎が繁三を睨《にら》み、

「ふうっとこの人相書きによ、印籠の絵が重なったところでおめえが首を絞めたんだぞ」

と繰り返した。

政次は、金五郎にしほの描いた人相書きを突き出した。

「ゆっくりと人相書きを見て、頭の隅に消えた記憶を思い出してくれませんか」

政次に言われた金五郎が人相書きを受け取り、俎板橋《まないたばし》の袂《たもと》に歩み寄った。水鳥が浮かぶ水面を眺めながら、時に人相書きに眼を落として長いこと思案した。

繁三が金五郎の様子を眺めながら、

「もう一度首を絞めるとよ、思い出すかもしれねえな」

と歩み寄ろうとするのを亮吉と梅吉が袖を摑んで引き止めた。

四半刻の時が流れた。

金五郎がふわりと振り向き、

「思い出した」

と洩らした。

「やったぞ、金五郎」

繁三が叫び、こんどはぴょんぴょんと跳ねて金五郎に飛びつこうとするのを亮吉と梅吉が止めた。金五郎が政次のもとに戻ってきて、人相書きを戻しながら、

「おれ、中坂でも車の後押しをやることがあるんだ。今から半月か二十日前のうだるような暑さの昼下がりによ、中坂を何べんも上り下りした後、御堀向こうの若宮町の米問屋の帰り車の後を押したと思いねえな、若親分」

「荷は御蔵前札差《ふださし》からの卸し米でしたか」

「そんな見当だろうな、なにしろ米俵を十数俵も積んでさ、重いのなんのって。それに陽射しがめっぽう強いときてやがる。車力《しゃりき》が三人におれが後ろから肩を入れて押し上がるんだがよ、中坂途中の稲荷《いなり》社辺りで大八が止まりそうになってよ、車力が大声を張り上げてよ、おれを罵《のの》りやがった。おれだって必死なんだよ。気失いそうになりながら、最後の力を振り絞って顔を横に向けた時よ、眼の前にその印籠がぶらぶらして、猿がおれのことを笑ってやがるんだよ」

「猿が笑うかよ」

繁三が毒づき、金五郎が、

「黙りやがれ、御堀に蹴り込むぞ」

と繁三の口を封じた。

「おりゃ、歯食いしばって面を上げたんだよ。菅笠《すげがさ》を被《かぶ》った着流しの浪人の手に痣《あざ》があるのが見えた、一朱銀くらいのよ」

「手の痣か、たしかにあった、思い出した」

梅吉が呟いた。金五郎が梅吉を見て、うんうんと頷くと、

「なんでかね、必死になってよ、周りを見る余裕なんぞはなにもねえんだよ。だけどよ、そんなときの景色のほうが頭にはっきりと刻み込まれているんだよ。若親分、そんなことってねえか」

「ございます」

と政次が即答した。

「やっぱりな、若親分の必死なときってなんだ。捕り物のときか」

「いえ、赤坂田町の直心影流神谷丈右衛門先生にご指導を受ける最中、見所《けんじょ》にかけられた掛軸が風にか、戦《そよ》いでいる風景をあとになって思い出すことがございます。私にとって神谷先生は雲の上のお方、力は比べようもございません。その先生に道場の羽目板に押し込まれ、逃げ場所もございません。そのとき、眼が一瞬逃げ場を探ったか、先生の攻めから逃げるように別の景色を見て、記憶したんでございましょう」

「分かるぜ、そん時の気持ちがよ。おれもあんとき、力を抜いちまったらよ、米俵を

積んだ大八車に押し潰されていたかもしれねえんだ。その折、なんだか知らないが印籠の三匹の猿とよ、菅笠の縁を摑んだそいつの手の痣がおれの頭に残ったんだよ。顔は下から見上げたんでこの絵の浪人とはっきりは言いきれねえ」

と答えた金五郎が、

「若親分、なんぞ役に立ったか」

「大いに役に立ちました。この者の尻尾《しっぽ》を摑んだ感じが致します」

金五郎は顔をはっきりと見てないというが、この一瞬の記憶は政次になにかを感じさせた。

「ほれ、金五郎さんに頭を下げねえか、お喋り駕籠屋」

亮吉が繁三の頭を下げさせ、梅吉も慌てて腰を屈《かが》めると、

「すまねえ、兄弟」

ぼそぼそと礼の言葉を述べた。

中坂は、九段坂の一本北側に並行してあった。明暦《めいれき》の大火の後に造られた元飯田町中坂通の坂道で、坂の真ん中辺にある稲荷社辺りがいちばんの急勾配《こうばい》ゆえ、重荷を積んだ大八車は難儀する場所だった。

政次らは繁三と梅吉を長屋に戻し、常丸、亮吉、それに見習いの弥一を連れて、中坂の稲荷社にやってきた。

この稲荷、田安稲荷とも世継《よつぎ》稲荷とも呼ばれ、江戸開闢《かいびやく》以前より平川村にあった築土《つくど》明神の末社だ。鉤《かぎ》の手に奥深い神社の敷地を本殿に進むと、田安稲荷の裏は、奥詰医師渋江元順の御薬園に接していた。

政次らは田安稲荷に拝礼してなにがしか賽銭《さいせん》を入れた。

「中坂でこの浪人が見られたということは住まいか根城がこの界隈にあるとも考えられる。繁三さんと梅吉さんの心中を考えると、一刻も早く花駕籠だけでも取り戻してあげたい。ここは全員で手分けして聞き込みに当たりましょうか」

「若親分はここで待機か」

亮吉が政次に尋ねた。

「いえ、私は念のために金五郎さんが後押しした若宮町の米問屋に聞き込みに行って参ります」

「よし、ならば半刻後に再びこの稲荷で集まらねえか」

「それで結構です」

政次の命にしほの描いた人相書きを手にした三人が中坂の上下に分かれて聞き込み

に入った。だが、車押しの金五郎が見かけた浪人の情報はなかなかなかった。

その頃、政次は牛込《うしごめ》御留守居町から牛込御門を越えて、御堀向こうの若宮町にいた。米問屋は直ぐに分かった、穴八幡旅所前の上州屋《じょうしゅうや》だった。

政次が番頭に半月から二十日前に浅草御蔵前の札差から卸米を仕入れたか、と問うと、

「おや、金座裏の若親分自らお米相場の取締りにございますか。私どもは出来るだけ掛け値をしないようにしてこの地で百年以上も商いを続けて参りましたがな」

「番頭さん、勘違いしてはいけません。私がこちらにお邪魔したのは、大八車で、米俵を運んでこられた方々に話を聞きたいと思ったからです」

政次は呉服問屋に勤めていた時代の丁寧な言葉遣いで番頭に接した。

「大八にはうちの手代の総助《そうすけ》が従って参りましてな、あとの二人は近くの車屋の親方と車力でございますよ。手代を呼びますか」

政次が頷くと、

「小僧さん、奥で手代さんが米をついてござるでな、呼んできなされ」

と命じた。

手代の総助は前掛けから髪まで汗まみれ、糠《ぬか》だらけの姿で現れた。

「総助、おまえに金座裏の若親分がお聞きしたいことがあるそうです」

手代は訝しげな顔で政次を見た。ほぼ政次と同じ年恰好だろう。

政次は半月から二十日前に浅草蔵前に使いに行った折のことですと前置きして、元飯田町の中坂でなにか記憶に残る出来事がなかったかと尋ねた。

「中坂にございますか、あの坂は結構きつい坂でございますゆえ、大八車を押し上げるのに必死でとても周りを見る余裕はございませんでした」

「大八車は三人で引き上げられましたか」

「いいえ、坂下に車の後押しがおりましたので、一人雇いました。ですから中坂では四人引きでした。それでも後押しが米俵の数を見て、後ろは二人にしてくれと何度も願っておりましたが、うちでは後押しを雇うときは一人と決まっておりますのでそう致しました」

「手代さん、うちでは長年そのようなやり方で江戸じゅうを大八車で押し通ってきたのです。裸虫などのいうことを聞くことはありません」

と番頭が手代にぴしゃりと言った。

裸虫とは馬方《うまかた》や車力など半裸体で仕事をする者たちの蔑称《べっしょう》だ。

総助はただ畏《かしこ》まるように首肯《しゅこう》した。

「大八車は坂の途中で止まりかけたことはございませんでしたか」

「あっ、確かに一旦止まりかけたのですが、車力の親方が後押しを怒鳴りつけて、四人で力を振り絞って坂上の飯田町まで引き上げました」

「止まりかけた折です。どなたかとすれ違った記憶はございませんか」

総助は思案していたが糠だらけの手で額の汗を拭い、

「最前も申しましたが大八を止めないように力を振り絞っておりましたので、なにも」

「すれ違った人のことは覚えておられませんか」

政次の念押しに総助が首を振った。

政次はしほの描いた人相書きを拡げて見せた。

その瞬間、総助があっ、と叫び、

「たしかにこの浪人さんと稲荷社の前ですれ違いました」

と答えていた。

これで後押しの金五郎の記憶がよりはっきりと確かめられ、繁三らの売上金と花駕籠を奪った相手は、総助らが中坂ですれ違った浪人と同一人物である確率が高くなった。

「どおれ」

と番頭が政次の手の人相書きを覗き込み、

「おや、佐久間源五郎《さくまげんごろう》様がなんぞなされたのでございますか」

と政次を見返した。

「この浪人を番頭さんは承知なのでございますか」

「佐久間源五郎様は一時《いっとき》北ノ天神、真光寺の寺侍《てらざむらい》として、妹のおいと様といっしょに世話になっておられました。二人の両親は二人が幼い折に旅の空の下で亡くなられたとか。先代の和尚《おしょう》がまだ幼かった兄妹を気の毒に思い、佐久間様とおいと様を五、六年、真光寺の宿坊に住まわせ、源五郎様は寺侍を務めておられました。この寺を菩提《ぼだい》寺《じ》にする御使番伊那正右衛門《おつかいばんいなしょうえもん》様が墓参りの折においと様を垣間《かいま》見て、その美貌《びぼう》に惚れこんで、側室、平たくいえば妾《めかけ》にしたのでございますよ、今から十年も前のことでおいと様が十七、八の頃のことです。私も承知ですがな、色白の美形でして、真光寺の修行僧がおいと様の美貌に狂ったなんて噂が飛びました。伊那様とはだいぶ齢が離れておりますが、伊那様の正妻様が病弱なこともあり、亡くなった折は後釜《あとがま》にするという約束があったとかないとか。それがおいと様が妾になった途端、正妻様は元気になられ、この一年半前より反対においと様が胸の病にかかられ、伊那様がおいと様を疎

遠にするようになって、伊那家と間に入った佐久間源五郎様とが揉めていると聞いたことがございます。私の家も真光寺に墓所がございましてな、当代の和尚様と親しくして頂いておりますので、かような話をなんとなく洩れ知っておるのです」

「佐久間源五郎様はおいと様の家に住んでおるのでございましょうか」

「妾宅《しょうたく》ですからな、いくら兄でも一緒に住んではおりますまい」

「中坂で佐久間源五郎様が手代の総助様方に見かけられたのでございますが、なんぞ縁がございましょうか」

「そういえば、佐久間源五郎様は俳諧《はいかい》をなさるとか、中坂の稲荷社は俳諧の集《つど》いがあるそうでございましてな、その縁ではありますまいか」

と番頭が推測を告げた。

「佐久間源五郎様とおいと様の兄妹にはどこに行けば会えましょうか」

「真光寺近くの本郷二丁目に伊那様がおいと様との妾宅を構えておられましたゆえ、そちらに尋ねられてはいかがにございましょう。後ろが御持組の大縄《おおなわ》地ですから、あの辺で伊那様の妾宅とあの界隈の商人に尋ねられれば直ぐに分かりましょう」

と番頭が言った。

四

政次らが直参《じきさん》旗本千四百三十石の御使番伊那正右衛門が佐久間おいとを囲った妾宅を訪ねあてたとき、すでに日がとっぷりと暮れていた。

米問屋上州屋の番頭の話には曖昧《あいまい》な部分があり、伊那がおいとを囲った家は本郷二丁目ではなく、同じ本郷でも西竹町にひっそりとあった。

黒板塀《くろいたべい》の小体《こてい》な家だが、庭もあって妾宅の一角は三念寺の境内と接していた。

「いるかね」

人の気配がしない妾宅に亮吉が言った。

「私が訪《おとな》いを告げてみよう」

政次が縞《しま》の単衣《ひとえ》の裾《すそ》をおろし、背に差した金流しの十手を抜くと亮吉に預けた。

「若親分、おれは裏口に回る」

常丸が阿吽《あうん》の呼吸で三念寺へと回り込んだ。政次が木戸を引き開けて、

「ご免下さいな」

と言いながら玄関に立ったが人の気配はない。

その代わり、煎《せん》じ薬の匂いが漂っていた。それは病人が長いこと住み暮らしていた

家であることを告げていた。

狭い庭から常丸が姿を見せて、

「台所にも人はいませんぜ」

と言った。

佐久間源五郎の家ならば踏み込むこともできよう。だが、佐久間の妹の住まいとはいえ、直参旗本御使番の妾宅であり、なんの罪咎もない病人の家に踏み込むことはできない。

「だれかが住んでいる気配がありますしね、どこかに出かけたんですかね」

常丸が首を捻った。

「待つしかございますまい」

政次は常丸と亮吉に見張らせ、弥一を連れていったん表通に出ると本郷の通りに出た。そこで見つけた蕎麦《そば》屋に入ると、身分を明かして硯《すずり》と筆を借り受け、宗五郎に宛ててこれまでの仔細を書き記した。その間に蕎麦を註文《ちゅうもん》して弥一に食べさせることにした。手紙の最後に佐久間おいとの妾宅を一晩見張ることを書き加えた。

弥一は註文のかけ蕎麦を一気に啜《すす》り込んだ。昼間から歩き通しでなにも口にしていない、若い弥一の腹が減っているのは当然だった。

「金座裏への道は分かりますね」

「若親分、旦那の源太《げんた》親方と江戸じゅうを歩いてきたから大丈夫だよ」

蕎麦を啜り込んで元気の出てきた弥一が手紙を懐に入れて姿を消した。

政次は弥一の蕎麦代の他に筆硯の借り賃をなにがしか加えて支払った。

「御用のようだね、ご苦労なこった。若親分も蕎麦を食っていかねえか」

蕎麦屋の親方が政次に話し掛けた。政次と弥一の会話でなんとなく御用と察したのだろう。

「いつまで店を開いておられます」

「この界隈はさ、武家屋敷の奉公人が酒を飲みにきて蕎麦を手繰《たぐ》っていくんだ。だからさ、四つ（午後十時頃）時分までは開いていますぜ」

「ならば手先を先にこちらに来させます、交代で世話になります」

言葉を残した政次は佐久間おいとの家に戻りながら、佐久間源五郎は川向こうで頻発する駕籠屋の売り上げを狙う強盗とははっきり確信した。

おそらく駕籠屋強盗の話を知って真似《まね》をし、繁三と梅吉の担ぐ花駕籠に眼をつけて奪うのが目的だったのだろう。だが、なにを狙ってのことかが分からなかった。佐久間おいとの家に戻ってみると、

「若親分、小女《こおんな》が戻ってきたぜ」

と亮吉が教えた。

「おいとは戻ってこないのですね」

「一人だな。裏口は常丸兄いが見張ってら」

政次はもう一度訪いを告げることにした。玄関に立ち、戸を叩くと中で怯《おび》えた気配がした。

「伊那家の使いの者にございます」

政次は小女を安心させるためにおいとの旦那の家の名を出した。それでも迷ったような時が過ぎ、ようやく行灯《あんどん》の灯《あか》りといっしょにおずおずと戸の向こうに人が立った。

「おいと様はおられますか。伊那正右衛門様の手紙を持参しました」

政次はさらに虚言を重ねた。戸を開いてもらわないことには事情も聞けないからだ。

「いえ、おられません」

「手紙を残していきとうございます」

「………もう戻ってこられません」

「おいと様は湯治でも行かれましたか」

「いえ」

と戸の向こうの小女が言い淀《よど》んだ。

「開けてくれませんか、殿様も案じておられます」

しばし迷った後、小女が戸を細く開けた。そして、政次のなりを見て、両眼を見開き、怯えた表情に変わった。政次のなりと言葉遣いは武家屋敷の奉公人のそれとはまるで違うからだ。

「申し訳ございません、お疑いのように私は伊那家の使いではないんでございますよ。ちょいと御用の筋でお尋ねしたいことがあって参りました。決して怪しいもんじゃございません。金座裏で御用聞きを務める政次にございます」

「金座裏の」

小女は金座裏が何者か承知の様子だった。

「おお、金座裏の若親分だ。ちょいと急ぎの用でな、夜分に邪魔をした」

政次の傍らから亮吉が面を出し、預かっていた金流しの十手を見せた。常丸も姿を見せた。

「私どもが用事のあるのはおいと様の兄御の佐久間源五郎様にございます」

ああ、とどこか得心したように小女が返事をした。その言葉には不安、いや、恐怖が込められていた。

「病の身でおいと様はどこに行かれましたので」

「源五郎様がおいと様を連れていかれました、行き先は知りません」

「いつのことです」

「突然、源五郎様が奇妙な駕籠を運び込んで、寝込んでおいでのおいと様と長いこと話しておられましたが夜明け前、疲れ切った表情のおいと様を連れて出ていかれました。まだ真っ暗なうちにですよ」

「花駕籠においとを乗せたのか」

亮吉の言葉に小女がこっくりと頷いた。

「まさか花駕籠を佐久間源五郎が一人で担いできたわけじゃあるめえ」

「仲間の二人が担いできたんです、名は知りません」

「おいと様をどこへ連れていったのです」

政次が重ねて訊いた。

「知りません」

政次の問いに小女が否定し、急に泣き出した。

「なんぞ知っていることがあったら教えて下さい。決しておいと様の悪いようにはしませんからね」

　政次の言葉にそれでも泣くのを止めようとはしなかったが、

「おいと様はいつ亡くなってもおかしくないと、医者が四、五日前、言い残して帰ったんです。それで伊那の殿様に佐久間源五郎様が助けを求められましたが会いに来ようともなさりませんでした。最前、伊那の殿様の使いと言われて、ああ、遅かったと思ったんです」

「おいと様が胸の病と分かったのはいつのことです」

　と政次は小女に問うた。

「分かったのは一年二、三か月前です。それまで三日にあげず訪ねてこられていた殿様の足が急に遠のき、おいと様は何通も何通も手紙を書いて私に使いをさせました。でも、一つとして受け取ってもらえませんでした。突き返された手紙を見たおいと様の哀《かな》しげな顔は忘れることはできません。それでもおいと様は手紙を書き続けられました」

「伊那様とおいと様は親子ほど齢が離れていたそうですが仲はよろしかったのですね」

「元気なうちはそれはもう」

「だが、胸の病にかかった途端よ、こちらに姿は見せてねえんだな」

と亮吉が聞いた。その言葉に頷いた小女が、

「伊那の殿様は一年も前にわずかな金子《きんす》を使いに持たせただけで、おいと様との縁を切ろうとなされました。それでおいと様が源五郎様に相談されたんです」

と途切れ途切れに言った。

「おいと様の頼みを受けて、兄の源五郎は伊那の屋敷に掛け合いに行ったか」

「そんなこと分かりません、私はなにも知りません」

小女はそう答えると、

「夜明け前、出ていかれる源五郎様はもうこの家は終わりだ。おまえもどこぞに宿替えせよと言い残されました。だから、私、桂庵《けいあん》に相談に行っていたんです」

というと、わあわあ、泣き出した。小女はそれ以上のことを知っているとは思えなかった。


四半刻後、政次ら三人は本郷通りの蕎麦屋に向き合って座っていた。蕎麦を頼んで食べたのでなんとか腹は満たされた。だが、分からないことばかりで釈然としなかった。周りでは武家屋敷やお店の奉公人が酒を飲んでいた。

「お喋り駕籠屋の兄弟が花駕籠なんぞを持ち出すからよ、こんな羽目になるんだよ」

亮吉がぼやいた。

「佐久間源五郎は妹のおいとと、思い出の土地で最後の時を過ごそうと考えているんじゃねえですかね」

常丸が言い、さらに言い足した。

「旅の空の下で両親を亡くした幼い兄妹が、長いこと二人で暮らしてきたんだ。最後くらい二人きりで過ごしたいと思ったんじゃないですか」

「常丸兄い、だったらなにも花駕籠じゃなくてもいいんじゃないか。花駕籠に死にかけた妹を乗せてよ、どこを訪ねるというんだい」

「それもそうだな」

政次は常丸と亮吉の話を聞きながら、なんとも歯車がかみ合わないことに苛立《いらだ》ちを感じていた。常丸の推測とはなにか違うような気がした。

(佐久間源五郎とおいとがなにをしようとしているのか)

考えが湧《わ》かなかった。

刻々と時だけが過ぎていく。

不意に縄のれんが揺れて、八百亀と弥一が姿を見せた。

「ああ、やっぱりここだ。あそこの家よ、相変わらず暗くて人の気配はねえぜ」

弥一が言った。

「若親分、川向こうで例の駕籠屋強盗を土地の御用聞きが捕まえたそうだ。この一件とは別口だったよ」

八百亀が報告した。

「やはりそうでしたか」

政次は、弥一を使いに出して以後の展開と、小女から聞き出した経緯を八百亀に告げた。

「なんと佐久間源五郎って浪人者は、死にかけた妹を花駕籠に乗せてどこぞに消えたってんですか」

老練な御用聞きの八百亀も頭を捻り、

「繁三と梅吉には気の毒だが花駕籠を無事に取り戻せるとも思えませんや。いったん金座裏に戻りますかえ」

と言った。

「そうですね」

と応じつつも政次は未だ迷っていた。

兄と妹がなにを考えているのか、なにかが起こりそうなのだが、その見当が付かな

かった。

蕎麦屋の店には政次らの他に二組ほどしか客は残っていなかった。

(どうしたものか)

と決断のつかない自分に焦《じ》れたとき、

「た、大変なことが起こったぜ！」

蕎麦屋の土間に駕籠屋が二人、息杖を手に飛び込んできて、

「親父《おやじ》、酒だ。茶碗で一杯くんな」

と喚《わめ》いた。

親父が急いで台所に姿を消した。

「兄さん方、なにが起こったんだ」

八百亀が懐から十手をちらりとのぞかせて聞いた。

「げ、外記《げき》坂のよ、旗本屋敷の前で斬り合いよ、門が開いてよ、門の内外《うちそと》は物すげえ血塗《ちまみ》れなんだよ。浪人が一人で斬り込んだんだと。そいでよ、屋敷の用人を筆頭に二、三人ばかり家来を叩き斬ってよ、そいつも旗本屋敷の家来衆に斬り刻まれて殺されたんだよ」

「なんでそんなことしたんだ」

酒を飲んでいた屋敷奉公の中間《ちゅうげん》が訊いた。

「知るもんか」

喚いた駕籠屋が親父の運んできた盆の上の茶碗酒を摑むときゅっと飲み、

「なんとも不思議なことによ、花駕籠が屋敷の門の前に置かれてよ、中に女が血を吐いて死んでいるんだとよ」

と付け足した。

「外記坂ですね」

政次が立ち上がりながら、駕籠屋に聞いた。

「ああ、新坂に面した角屋敷でよ、前は水戸家の江戸屋敷だ。御使番のなんとかいう屋敷だよ」

「伊那正右衛門様か」

亮吉が呟くように訊いた。

「そう、それだ」

「若親分、やりやがった」

政次はいったん立ち上がったが、再び腰を落とした。

「八百亀、なんともしようがありませんね、明日にも寺坂《てらさか》様を通じて私たちの知るこ

とを御目付《おめつけ》に伝えるしか手はございますまい」

政次はそう思った。

「若親分、佐久間源五郎は妹の死が近いことを悟ってよ、伊那正右衛門様に一目会わせにいったのか。それで面会を断られて逆上したのか」

「亮吉、そうじゃありますまい。病にかかった妹に手の平返したような冷たい仕打ちをなされた伊那様に恨みをいうために派手な花駕籠にすでに息絶えた妹の骸《むくろ》を乗せて、乗り込んだんじゃないでしょうか。世間に知らせるためにね。佐久間源五郎は、自らも死を覚悟して乗り込んだんです。伊那様はたった一人の妾の扱いを間違われたのです」

「若親分、大方そんなところだろうよ」

八百亀が政次に言い、

「金座裏に戻りましょうか」

「繁三と梅吉、えらい大しくじりをしでかしたぜ。武吉兄いらに当分頭が上がるまいぜ」

亮吉が最後は締め括った。

金座裏に戻るとこちらも騒ぎが生じていた。

しほの陣痛が始まり、北鞘町《きたさや》の桜川玄水《げんすい》先生の屋敷に移されたという。

政次は取るものもとりあえず北鞘町裏の桜川屋敷に駆け付けたが、しほに従ったおみつが、

「政次、まだ時がかかるらしいよ。生まれるのは明日になるってさ。男のおまえが居てもしようがないよ。しほの顔を見たら金座裏に戻りな」

と言った。ともあれ政次はしほに会い、落ち着いている様子に安心した。

「政次さん、私なら大丈夫よ。おっ義母さんもいるし、桜川先生や産婆さんもこの屋根の下におられるもの、なにも心配しないで。それより政次さんの顔、疲れているわ。なにがあったの」

「しほの描いた人相書きが大いに役立った。事情はしほが金座裏に元気なやや子を連れて戻ってきたときに話すよ」

「明るい話じゃないのね」

「私たち町方の手に負える話じゃない、御目付の出番だ」

と言い残した政次は金座裏に戻ることにした。北鞘町裏から指呼《しこ》の間《かん》の金座裏に戻りながら、

（死と生と無常に交差するのが世間）

と己の心に言い聞かせていた。

翌日、外記坂の御使番千四百三十石伊那正右衛門屋敷での惨劇を読売が大きく伝えた。

そんな夕刻、鎌倉河岸の酒問屋豊島屋《としまや》にしょんぼりと肩を落とした駕籠屋の梅吉、繁三兄弟が姿を見せた。それを見たお菊《きく》が直ぐに隠居の清蔵《せいぞう》に知らせ、清蔵がいつもの席に元気なく座る兄弟に声をかけようとしたが、直ぐには言葉をかけられなかった。

「お菊、取り敢《あ》えず酒ですよ」

「隠居、酒はなしだ。もう酒なんて飲める身分じゃねえ。武吉兄いがかんかんでよ、骸を乗せた花駕籠なんぞに他の客が乗せられるか、新しいのを即刻誂《あつら》えるから銭を出せと怒鳴ってよ、こちらの言い訳なんぞ一切耳を傾けようとはしないんだ」

「あの花駕籠、いくらですね」

「一見、並みの辻駕籠に花を飾りつけたようだが、筋の通った棒から竹、茣蓙《ござ》、絹座布団といちばんいい材で誂えたんだと。十両はくだらないとよ。そんな銭、どこにあるよ」

繁三が力なく清蔵に応えた。

「十両の辻駕籠ね、困ったね」

「駕籠かきをやめるしかねえか」

「やめたからって武吉さん方が許してくれますか」

「だめだな」

と呟いて卓の上に顔を伏せた。

その時、縄のれんを勢いよく搔《か》き分けて亮吉が飛び込んできた。

「おーい、ご隠居、清蔵の旦那、金座裏によ、十一代目が生まれたよ。しほさんもやや子も元気だとよ！」

「男でしたか、さすがは豊島屋で仕込まれたしほさんです。うちも祝いを考えなきゃあね」

「お菊ちゃん、おれにさ、一杯くんな、祝い酒だ」

「だめよ」

卓に突っ伏せた兄弟駕籠屋をお菊が目で教えた。

「お喋りども、武吉兄いにしこたま怒鳴られたか。ちえっ、そんなことでしけた面するねえ」

繁三が顔を上げると瞼《まぶた》が潤んでいた。

「くそっ、どぶ鼠が人の気持ちも知らないでよ」

と元気なく吐き捨てた。

「お菊ちゃん、取り敢えず酒をくんな。いいからいいから、おれがお喋りに酒を勧めるなんてことは滅多にないんだからよ」

亮吉が強引にお菊に下《くだ》り酒を注文したが、

「おめえの酒なんか飲めるか」

繁三が抵抗し、ふだん大人しい梅吉まで、

「おれも飲まねえ」

と頑固に言い切った。

酒と猪口《ちょこ》が運ばれてきた。

亮吉が二つの猪口に徳利の酒を注《つ》ぎ分けた。その様子を兄弟駕籠屋は見ようともしない。顔を伏せたままだ。亮吉の猪口は空のままだ。

「さすがに豊島屋の下り酒だ、香りがよ、違うね。たまらないぜ」

と漂う香りをくんくんと嗅《か》ぐ真似をした。

「そんな意地悪な亮吉さん、嫌いよ」

今日の亮吉はお菊の言葉にもえらく落ち着いていた。

「お喋り、いい話を聞かせてやろうか」

「金座裏に十一代目が生まれた話は聞いた、二度も繰り返すねえ」

「おりゃ、清蔵さんじゃねえや、何べんも話を繰り返すか」

「おや、いつ、私が同じ話を聞かせましたな。お菊、亮吉のツケをすべて支払ってもらいなさい」

「ご隠居、話をややこしくしないでくんな。ツケうんぬんはその後の話だ」

「ならば、いい話を聞かせなされ」

「うちの親分がただ今やや子を見た後にさ、どこへ立ち寄ると思うね」

「うちに来るのかえ、初孫の誕生祝にさ」

「そうじゃねえよ。駕籠八に立ち寄ってよ、うちの探索がちょいと遅れたせいで、奪われた花駕籠を人の血で穢《けが》してしまいました。ですが、血も死もだれしも人にはつきものにございます。ついては神田明神で花駕籠のお祓《はら》いをした上で、汚れた部材をすっかりとうちの払いで代えさせてもらいます。それで武吉さんと信太郎さんには勘弁してもらえねえかってね、話をつけに行っているんだよ」

「まあ、待て」

繁三と梅吉の顔が上がり、

「こ、独楽鼠《こま》、い、今の話はほんとのことか」

「親分に命じられて豊島屋に飛んできたんだ。嘘もほんともあるか。それともうちの親分が駕籠八に頭を下げても、武吉兄いらがごたごた抜かすというのか、ええ、お喋りの繁三」

繁三の顔がにんまりし、梅吉が眼の前の猪口をさあっと摑むと、ぐいっと飲み干した。

「ああ、うめえ」

「くそっ、兄き、独り先に飲むんじゃねえぜ」

繁三も猪口の酒を飲んだ。その様子を見た亮吉がお菊と清蔵の顔を見て、

「おれも飲んでもいいかな」

「亮吉、好きなだけ飲みなされ、今日は私が許します」

と清蔵が言い、お菊が亮吉の空の猪口に酒を注ぎ、

「さっきはご免ね」

と優しく詫びた。

政次はそのとき、しほの生んだ赤子と対面していた。

（私としほの間に生まれた子ですか）

母子ともに元気だと聞かされた安堵のあと、喜びがじんわりと胸奥から湧き上がってきた。

時代小説文庫
さ 8-41

よっ、十一代目《じゅういちだいめ》! 鎌倉河岸捕物控《かまくらがしとりものひかえ》〈二十二《にじゅうに》の巻《まき》〉

著者 佐伯泰英《さえきやすひで》

2013年4月28日第一刷発行

発行者 角川春樹

発行所 株式会社 角川春樹事務所
〒102-0074 東京都千代田区九段南2-1-30 イタリア文化会館

電話 03(3263)5247[編集] 03(3263)5881[営業]

印刷・製本 中央精版印刷株式会社

フォーマット・デザイン&シンボルマーク 芦澤泰偉

ISBN978-4-7584-3730-1 C0193
http://www.kadokawaharuki.co.jp/[営業]
fanmail@kadokawaharuki.co.jp[編集] ご意見・ご感想をお寄せください。

時代小説文庫

新装版 **橘《きっ》花《か》の仇《あだ》** 鎌倉河岸捕物控〈一の巻〉

佐伯泰英

江戸鎌倉河岸の酒問屋の看板娘・しほ。ある日父が斬殺されたが……。
人情味あふれる交流を通じて、江戸の町に繰り広げられる
事件の数々を描く連作時代長篇。(解説・細谷正充)

新装版 **政次、奔《はし》る** 鎌倉河岸捕物控〈二の巻〉

佐伯泰英

江戸松坂屋の隠居松六は、手代政次を従えた年始回りの帰途、
刺客に襲われる。鎌倉河岸を舞台とした事件の数々を通じて描く、
好評シリーズ第2弾。(解説・長谷部史親)

新装版 **御金座破り** 鎌倉河岸捕物控〈三の巻〉

佐伯泰英

戸田川の渡しで金座の手代・助蔵の斬殺死体が見つかった。
捜査に乗り出した金座裏の宗五郎だが、
事件の背後には金座をめぐる奸計が渦巻いていた……。(解説・小梛治宣)

新装版 **暴れ彦四郎** 鎌倉河岸捕物控〈四の巻〉

佐伯泰英

川越に出立することになったしほ。彼女が乗る船まで見送りに向かった
船頭・彦四郎だったが、その後謎の刺客集団に襲われることに……。
鎌倉河岸捕物控シリーズ第4弾。(解説・星 敬)

新装版 **古《こ》町《まち》殺し** 鎌倉河岸捕物控〈五の巻〉

佐伯泰英

開幕以来江戸に住む古町町人たちが「御能拝見」を前に
立て続けに殺された。そして宗五郎をも襲う謎の集団の影!
大好評シリーズ第5弾。(解説・細谷正充)

ハルキ文庫

時代小説文庫

(書き下ろし) **代がわり** 鎌倉河岸捕物控〈十一の巻〉

佐伯泰英

富岡八幡宮の船着場、浅草、増上寺での巾着切り……
しほとの祝言を控えた政次は、事件を解決することができるか!?
大好評シリーズ第11弾!

(書き下ろし) **冬の蜉《かげ》蝣《ろう》** 鎌倉河岸捕物控〈十二の巻〉

佐伯泰英

永塚小夜の息子・小太郎を付け狙う謎の人影。
その背後には小太郎の父親の影が……。祝言を間近に控えた政次、しほ、
そして金座裏を巻き込む事件の行方は?　シリーズ第12弾!

(書き下ろし) **独《ひと》り祝言** 鎌倉河岸捕物控〈十三の巻〉

佐伯泰英

政次としほの祝言が間近に迫っているなか、政次は、思わぬ事件に
巻き込まれてしまう——。隠密御用に奔走する政次と覚悟を決めた
しほの運命は……。大好評書き下ろし時代小説。

(書き下ろし) **隠居宗五郎** 鎌倉河岸捕物控〈十四の巻〉

佐伯泰英

祝言の賑わいが過ぎ去ったある日、政次としほの若夫婦は、
日本橋付近で男女三人組の掏摸を目撃する。
掏摸を取り押さえるも、背後には悪辣な掏摸集団が——。シリーズ第14弾。

(書き下ろし) **夢の夢** 鎌倉河岸捕物控〈十五の巻〉

佐伯泰英

船頭・彦四郎が贔屓客を送り届けた帰途、請われて乗せた美女は、
幼いころに姿を晦ました秋乃だった。数日後、すべてを棄てて秋乃とともに
失踪する彦四郎。政次と亮吉は二人を追い、奔走する。シリーズ第15弾。